U0055602

掉到地球上的人

The Man Who Fell to Earth

Walter Tevis 沃爾特・特維斯——著

呂玉嬋——譯

【導讀】

孑然孤獨的隱喻——讀《掉到地球上的人》

作家／詹宏志

暗夜裡你抬頭看見億萬顆閃爍群星，其中有一顆是你遙遠的家鄉，但你卻身處在完全陌生的種族與國度裡，你極可能再也回不去了，這是什麼樣的孤獨呢？

美國小說家沃爾特．特維斯（Walter Tevis, 1928-1984）在大約六十年前寫了一本名叫《掉到地球上的人》（The Man Who Fell to Earth, 1963）的小說，某個意義上顛覆了科幻小說的常見寫法，成了一部經典作品，很值得注意，可惜中文世界一直沒有譯本，也變得鮮少討論，它的獨特性也許我等一下再說。

《掉到地球上的人》書名聳動，但恐怕也得附加一些說明，第一，這個「掉到」地球上的人並不是真的意外墜落，他是有目的而來，地球就是他的目的地；而且他是有備而來，事先做了各種對地球的研究，學習了人類的語言，甚至他選擇的「降落」地點（在美國肯塔基州的一個人口僅一千四百人的小鎮郊外），都有特殊的用意，但他乘坐的是一艘一次性使用的救生艇，他是沒有交通工具可以回去了，救生艇以「緊急墜落」的方式降落，說他 fell to earth，好像也無不可；第二，這位掉到地球上的「人」並不是人，而是長得跟人很像的「類人」，或者用英語來說，是個 humanoid，也就是所謂的「人形之物」，他又高又瘦，皮膚蒼白近乎透明，他真正的身分是從安西亞（Anthea）星球來的「外星人」……

這位智慧高於人類的外星人是負有任務而潛入地球的，他的遠方家鄉星球已經因為水資源匱乏耗盡（這又緣於星球上自相殘殺的愚蠢戰爭）而瀕於毀滅，他們看上了水草豐美、資源充沛的藍色星球，訓練了一位「末世救難」隊員，通過截取來的人類電視節目，他學習人類的語言、舉止，帶了一些人類認識的貴金屬（以便在地球換取通行的金錢），他乘著僅剩的救生艇前來（正式的飛行器都在打仗時打光了），他的任務是要混入地球人當中，賺取足夠的財富，在地球上打造大型太空船，像挪亞方舟一樣，回去把星球上倖存的「人」帶來地球，這樣他們的族群生命才能存續，他們的文明也才有機會保存。

我這樣說會「劇透」太多，影響各位讀者的閱讀樂趣嗎？請放心，上述只是我為各位整理出來的故事背景，小說真正的情節重點根本不在這裡。小說開場時，這位長得跟人類差異很小的外星人已經降落到地球，正按照計畫準備一步步潛入人類社會當中，雖然他已經學了若干語言與習俗，但實際上與人類接觸還是很驚心動魄的，隨時可能會被懷疑、被揭穿。地球的環境雖然與他的家鄉星球安西亞很相似，但重力、溫度還是略有差異，所以地球對他來說是太熱了，重力也太重了，使他每走一步路都感覺到骨骼痠痛，搭乘電梯就要暈眩發作了；地球的食物與水，對他都是困難，而他的身體構造與人類不同，任何藥物和醫療，對他都是危險至極。

但最危險的並不是異星的環境，而是住在這個星球的人類本身，從外星人來看，地球上這個物種粗魯無知，科技落後，智慧低下，而且正在重覆他的星球曾經發生的愚行，人類毫無節制地污染環境，建造足以自毀的核子武器，並放任彼此的仇恨蔓延滋長，地球，在當下或是在未來，對這位異星來的陌生人而言，是非常危險的。

外星人在地球上成功化身為名叫湯瑪士．傑羅姆．牛頓（Thomas Jerome Newton）的地球人，利用他家鄉更先進的科技，取得人類社會的專利權，再把這些包括光學、化學、電磁學的各種專利授權給最領先的大企業（一位為他申請專利權的律師看到資料時驚呼：「如果你是對的，RCA是你的，柯達是你的，天啊，杜邦也是你的。」小說寫在六〇年代初，這些企業名字都是當時的世界頂尖企業，如果故事發生在今天，他就要說：「天啊，蘋果是你的，輝瑞是你的，台積電也是你的。」），然後外星人牛頓藉此迅速累積財富，隱身在肯塔基鄉間建立一個龐大的研發基地（這讓人想到醉心航空科技的美國神秘富豪霍華德．休斯），雇用大量的工程師與研究人員，預備開發一種能夠長程飛行的先進太空船。

這些工程與研究曠日費時，雖然外星人牛頓內心著急（他的家鄉還在嗎？他的家人無恙嗎？），但受限於地球人的技術條件，這些計畫急也急不來；而牛頓與人類的接觸日多，開始有人懷疑他的身世與來歷，研究者對他的科技來源也感到可疑，一位大學教授就說：「這東西沒有用到一百年來我們所知的任何技術，任何科學期刊也都沒有發表過任何文章，這到底是哪裡來的？」

外星人大概日子也不好過，他的身體在地球上很容易受傷生病，卻不能去看醫生，他在人群當中，知道自己與別人是不同的，卻也無人可訴，讀者也許可以想像他的極度孤獨。他在地球學會了用酗酒麻醉自己的思鄉之情，酒醉的時候他會吐露真言，對身邊接近的研究科學家哀傷地說：「你們的世界將在三十年內變成一堆原子瓦礫……」

這才是小說的題旨所在。我最前面說《掉到地球上的人》這部小說有一個顛覆性的手法，大部分的科幻小說虛構了一個奇型怪狀的未來時間和遙遠星空，裡面的帝國興衰與宮廷鬥爭卻常常是人類歷史的變體（想想《沙丘》的例子）；但這部小說卻倒過來，用了美國尋常社會與日常生活，寫出了一個孤獨外星人的故事，小說甚至有很多部分的敘事，是通過外星人的觀點來構造的，就像上面那句「原子瓦礫」，正是透過外星人的口中說出才顯得遙遠而清醒，人類的愚昧和恐怖也才被襯托得如此清楚，讀者在閱讀過程也可能會認同外星人，替他在面對人類的凶險時感到心懸一線。

外星人牛頓要怎樣在人類的「殘酷世界」安然度過，怎樣完成使命，拯救他的星球與家人？事實上，他沒有做到，他折翼在人間，建造太空船的任務沒有完成，身體也被魯莽的人類破壞，成為一個生活無法自理的盲人，流連在紐約的酒吧之間。他試著想連絡家人，告訴他們自己任務失敗的事實，他出了一張唱片叫《外太空詩篇》，表面上那是一張哀傷、怪異的前衛音樂專輯，實際是他寫給家鄉的密碼書信，希望他的族人能夠截聽到電台的電波，了解他隱藏的訊息。《掉到地球上的人》是一個很悲傷也很孤獨的故事，小說的最後結局停格在酒店裡伏案痛哭、無家可歸的外星人身上，睹之令人鼻酸心碎。

在一九七六年，這部奇特的小說被英國導演尼可拉斯·洛（Nicholas Roeg, 1928-2018）改編拍成同名電影，中文片名也譯做《天外來客》。這部電影和另一部科幻電影《銀翼殺手》（Blade Runner, 1982）一樣，當年上映的時候票房普普，日後卻都轉入地下，成為科幻迷心目中的經典「膜拜電影」（cult film，又譯做另類電影或邪典電影）。我自己也是在八〇年代初，先在試片間看到電影，看到俊美得不可方物的男主角大衛·鮑伊（David Bowie, 1947-2016）和迷幻感十足的影像風格，驚為天人，才想到要找出原著來讀。

我在這裡要先解釋一下「試片間看電影」是什麼意思，年輕人極可能已經完全不知道這一段歷史。台灣早年電影觀賞條件是困難的，不要說沒有今天的串流服務或有線電視（兩者都包含大量的影片供應），也沒有影碟或錄影帶可供保存或收藏，更沒有電影圖書館之類的館藏供你研究或做少量映演之用。在八〇年代以前，你唯一看電影的途徑是在戲院，一部影片如果在台灣沒有上演，你就沒有機會看到，如果你在上片檔期沒有趕上，你也就永遠錯過。更慘的是，當時台灣還有一個嚴苛的電檢制度，影片內容只要不符官方意識形態，通通難以上映。可是昔日的影迷找到一個透光的「小缺口」，一些試片間（本來是專供電影從業者工作過程放映之用）的經營者，保留了某些經典電影上片時的拷貝，甚至是進口了卻被禁映的拷貝，電影發燒友去租試片間並借來拷貝，自己再「揪團」來看，大家分攤拷貝與試片間租用的費用。在七〇年代，我通過這樣的方式接觸到各種書本上讀到的名片，從愛森斯坦的《波坦金戰艦》到費里尼的《羅馬》、安東尼奧尼的《春光乍現》，甚至是日本片黑澤明的《七武士》或小林正樹的《切腹》，都是這樣看來的，而尼可拉斯．洛的《天外來客》也是我在試片間裡得來的經驗。

我可以想像為什麼這部電影不受官方歡迎，因為改編電影的《掉到地球上的人》比小說更「前衛」，在導演的演繹下，這位外星人在地球的孤獨時光是沉溺在性愛、藥物與酗酒之中，這當然是受了六、七〇年代嬉皮文化的影響（但也非常合情入理），加上大衛．鮑伊與「異星性」的連結太強大了，別忘了他是第一位吟咏太空的流行歌手，他在一九六九年的單曲《太空怪談》（Space Oddity）正是這樣一首里程碑之作。年輕的大衛．鮑伊俊美近乎非人，平日裝扮又開不男不女中性裝扮的先鋒，選他扮演外星人簡直不做第二人想。

相比起迷幻風格的電影，原作小說可就樸實許多，也寫實許多，對外星人與人類的互動也有許多細膩的描寫。事實上，作者沃爾特．特維斯一直是受到好萊塢關注的，他的第一部小說《江湖浪子》（The Hustler, 1959）出版，兩年後（1961）立刻改編為同名的大銀幕電影，不但成為經典之作，也讓擔綱演出的年輕演員保羅．紐曼（Paul Newman, 1925-2008）成為超級巨星。這部以撞球間和選手賭客為背景的電影以及保羅．紐曼飾演的撞球手「快手艾迪」也深入人心，二十五年後，大導演馬丁．史柯西斯（Martin Scorsese, 1942-）想要向經典電影致敬，央請作者再寫《江湖浪子》的續集，書名與電影名都叫《金錢本色》（The Color of Money,

1984），電影則完成於一九八六年，由步入老年的保羅．紐曼和小鮮肉湯姆．克魯斯共同演出，電影也為保羅．紐曼贏得一座奧斯卡。

沃爾特．特維斯儘管已經過世多年，他的小說作品持續受到電影圈的關注，二〇二〇年 Netflix 重新改編他的小說《后翼棄兵》（The Queen's Gambit, 1983）成為迷你劇集，大獲成功；一時之間，各家電影公司又掀起重拍特維斯小說的熱潮，二〇二二年，《掉到地球上的人》拍成了電視劇集上映，他的另一部科幻小說《反舌鳥》（Mockingbird, 1980）也被宣布開拍電影。特維斯一生一共才只有六部長篇小說，改編成電影或劇集的就有五部，「轉換率」高得驚人。

相對之下，票房這麼成功的作者，本人卻非常低調，他隱身在大學裡教書，鮮少接受訪問，有關他的討論和生平資料都很少。他生前自謙是二流作家，但近年隨著影片的改編風潮，他的作品評價也愈來愈高。他生在舊金山，在肯塔基長大，也在肯塔基大學讀書，後來在肯塔基與俄亥俄等州教書；他自幼身體不好，很早就使用苯巴比妥（Phenobarbital）治療，這件事造成他終身的藥物依賴。事實上他的小說裡面穿插了頗多的個人經驗，他自己是個撞球手，也是業餘棋手，他是個酗酒者，也是使用藥物的人，《江湖浪子》和《后翼棄兵》都有很多他自己的真實體會與理解。

即使是科幻小說如《掉到地球上的人》，評論者也讀出作者內在的聲音，一位名叫沙利斯（James Sallis）的評論家曾經說過一段話，我覺得頗值得注意，他說：「在表面上，《掉到地球上的人》是一個來到地球的外星人想拯救自己的文明，但因為種種逆境、意外，以及失去信心而失敗的故事……但它是，用特維斯的話說，一部『徹底偽裝的自傳』。它講的是他小時候從舊金山那個光之城被搬到鄉間的肯塔基，以及他的童年因為疾病而長臥於床，病癒之後則變得體衰、脆弱而且與人格格不入。他寫作之後才意識到，它講的也是自己如何變成一位酗酒者。最後這也是一部我讀過最令人心碎的書，它吟誦的一曲雄心壯志與殘酷失敗的哀歌，更是對人類無法彌補的絕對孤寂的一種招魂……」

我會說，《掉到地球上的人》是孑然孤獨的隱喻，外星人其實就是可憐的異鄉人，你藏身在陌生人的世界，忍受陌生世界的孤獨與隔絕，你的怪異緣於與其他人的不同。但當我們說到這裡，我們就注意到我們說的其實是自己；我們在人生某些時刻不免承受著某種成長的孤獨，而每一顆過度敏感的心都是一種外星人，每一位怪異不合群的小孩總會懷疑自己是外星人。這就是為什麼我們讀著這樣一個外星人的故事，卻感覺到內心怦怦跳，他的世界與你合而為一，你為他哀傷，你也為自己的孤獨哀傷。厲害的小說總讓我們回顧自己，這部遲來六十年的小說再度說明了這件事。

謹以此書獻給 Jamie

她比我更了解安西亞

1985

伊卡洛斯從天而降

1

走了兩英里後，他來到一個小鎮。鎮界立著一個地標，上頭寫著：「哈尼鎮，人口一千四百人。」不錯，不錯的人口規模。仍是清晨時分，街上無人，他選擇一大早走這兩英里路，為的就是這個時間比較涼爽。迎著微光，他走過幾個街區，生疏的感覺讓他迷惘——他不只緊張，還有些恐懼。他盡量不去想他要做的事，這件事已經想得夠多了。

在小小的商業區，他找到了他想找的，一家名為「珠寶盒」的小店。附近的街道上有張綠色長木凳，他走過去坐下來，走了這麼遠的路，身體有些痠痛了。

幾分鐘後，他看見了一個人類。

是一個女人，一個面露疲態的女人，穿著一件走了樣的藍色連衣裙，拖著腳步，沿街朝他的方向走來。他嚇得驚惶失色，立刻撇開視線。她看起來不大對，他以為他們和他差不多高，但這女人比他矮了不只一個頭。她的膚色比他想像的更紅潤，也更黝黑。這樣的外表，這樣的感覺，太不可思議了——雖然他早知道親眼看到的他們，會與在電視上看到的他們不一樣。

最後街上出現了更多的人，大致都和第一個人一樣。他聽到一個路過的男人說：「……就像我說的，這種車現在已經不生產了。」咬字很古怪，沒有他預期的那麼清晰，但他很容易聽懂那個人的話。

有幾個人多看了他兩眼，其中幾個眼露疑色，不過他並不擔心，也不認為會受到騷擾，而且在觀察了其他人之後，他相信自己的衣著禁得起考驗。

珠寶店開門後，他等了十分鐘才走進去。櫃檯後方有一個男人，是一個穿著白襯衫、打著領帶的小胖子，正在打掃架上的灰塵。那人停止撣塵看了他一會兒，眼神有點奇怪，然後說：「先生，有什麼事嗎？」

他覺得自己太高了，顯得笨拙，也突然感到非常害怕。他張嘴想說話，但什麼也說不出來。他試著微笑，臉龐卻似乎僵住了。他感覺內心深處有什麼東西開始恐慌起來，一時間以為自己會暈過去。

男人依舊盯著他，表情似乎沒有改變。「先生，有什麼事嗎？」他又說。

他費了很大的勁才說了出口。「……不知道你對這枚……戒指有沒有興趣？」這個平淡無奇的問題，他不知道計畫過多少次，也對著自己練習了一遍又一遍，可是現在聽在他自己的耳裡還是那麼奇怪，像是一串可笑無意義的音節。

對方還是盯著他看，他說：「什麼戒指？」

「哦。」不知怎的，他勉強擠出了笑容，從左手手指褪下金戒指放在檯面上，不敢碰到那個人的手。「我……開車路過，車子拋錨了，就沿著大馬路走了幾英里，我身上沒錢，我想或許我可以賣掉戒指。它值不少錢。」

那人把戒指拿到手裡翻來覆去，滿腹狐疑地看著，最後問：「這你從哪裡弄來的？」

那人說這句話的語氣讓他的呼吸哽在喉頭，會不會有什麼問題？金子的色澤？還是鑽石的部分？他試圖再度微笑。「是我妻子送我的，幾年前。」

那人的臉色還是陰沉沉，「我怎麼知道不是偷來的？」

「哦。」他猛然鬆了一口氣。「戒指上有我的名字。」他從胸前口袋掏出皮夾，「我有身分證明。」他把護照拿出來放在檯面上。

那人看著戒指大聲唸道：「馬琳．牛頓贈與T. J.，結婚週年紀念，一九八二。」然後又說：「18 K。」他放下戒指，拿起護照，飛快地翻閱著。「英國？」

「對，我是聯合國的翻譯員，第一次到這裡，想看看這個國家。」

「嗯。」男人說，又看著護照。「我就想你說話有口音。」他找到照片，把名字唸出來：「湯瑪士．傑羅姆．牛頓。」然後又抬起頭來。「錯不了，是你，好。」

他又面露笑容，這次笑得更輕鬆、更真誠，只是仍然感到頭暈，感到奇怪——由於這個地方沉重的引力所產生的重量，他的身體永遠彷彿千斤重擔，但他還是設法親切地說：「那麼，你有興趣買這枚戒指嗎？……」

✦

他賣得了六十美元，心裡清楚自己被詐騙了。不過現在他有的東西對他比那枚戒指更有價值，比他攜帶的那幾百枚一模一樣的戒指更有價值。現在他有了信心，也有了錢。

他用一部分錢買了半磅培根，六個雞蛋，還有麵包、幾顆馬鈴薯和一些蔬菜——共十磅的食物，他只提得動這麼多。他的模樣引起一些人的好奇，但沒有人問問題，他也不主動回應。反正沒差，他再也不會回到肯塔基州這個小鎮了。

離開小鎮時，雖然關節和背部承受著巨大的壓力和疼痛，他心情還不錯，因為他已經掌握了第一步，有了一個開頭，還擁有他的第一筆美國錢。但是當他離開小鎮一英里後，在一片荒原上，朝著他營地所在的矮丘走去，一切突然湧上心頭——種種的陌生事物，危險，身體的疼痛，內心的焦慮——這個衝擊實在太大了，他倒地不起，身心靈都抵抗著這個最陌生、最奇怪、最異己的地方對它們施加的暴力。

他很不舒服，漫長危險的旅程讓他不舒服，大量的藥物讓他不舒服——藥丸，接種疫苗，吸入的氣體——焦慮和對危機的預期也讓他不舒服。自身的體重成了沉重的負荷，更是令他格外難受。他多年來始終知道，當時機到來時，當他終於登陸開始進行籌備良久的複雜計畫時，他會有這樣的感覺。這個地方，不管他做了多少研究，不管他怎麼排練他在這裡的角色，都陌生得讓人難以置信——這種感覺，他現在能夠感覺了——這種感覺不可抗拒。他躺在草地上，難受得不得了。

他不是一個人類，但他酷似人類。他身高六英尺半，有的人類甚至比他還要高；他的頭髮像白化病患者一樣白，臉是淺褐色，眼睛則是淡藍色。他的骨架出奇地纖細，五官精緻，手指細長，皮膚幾乎透明，沒有毛髮。

他的面孔有一種精靈的氣質，聰慧的大眼透著一種美好的稚氣，白色鬈髮現在已經稍微長過耳朵了。他的模樣相當年輕。

也有不同的地方，例如，他的指甲是假的，因為他天生沒有指甲。他的每隻腳只有四個腳趾頭，他沒有闌尾，也沒有智齒。他不會打嗝，因為他的橫膈膜和其他呼吸器官都非常強健，非常發達，他的胸腔可以擴張大約五英寸。他很輕，大約九十磅。

但他有睫毛、眉毛，與其他手指對生的大拇指、雙目視覺，以及上千種正常人類的生理特徵。他不會長疣，但可能會得胃潰瘍、麻疹和齲齒。他是人；但嚴格來說不是一個人類。還有，像人類一樣，他感情豐富，容易受到喜愛、恐懼、強烈的身體痛楚和自憐的影響。

半小時後，他感覺好多了。他的胃仍舊在翻騰，他覺得自己好像抬不起頭來，但有一種感覺：第一場危機已經過去了。他開始更客觀地觀察周圍的世界，他坐起來，望著他所在的田野，這是一片平坦雜亂的牧草地，長著鬚芒草，東一塊西一塊的褐色草地，融化的雪重新結冰，變得像玻璃一般。空氣相當清澈，天空陰暗，散射的光線非常柔和，不像兩天前的刺眼陽光刺痛他的眼。池塘邊長著一叢光禿禿的深色樹木，樹木另一側立著一棟小屋和一座穀倉。他透過樹木看到了池水，那景象讓他屏氣斂息，因為池水實在太多了。他在地球的這兩天，早見過這麼多的水，但還是不習慣。這是另一件他有所期待但親眼看到仍感震驚的事。他當然知道汪洋大海，知道湖泊河川，從他還是個孩子的時候就知道了，但親眼在一個池塘中看到如此充沛的水，仍舊令他屏住了呼吸。

他也開始在陌生的田野中看到一種美。這裡與他被教導的期望完全不同——他發現這個世界的許多東西都是如此——然而，他現在能夠從這個地方的陌生色彩和特色，從這個地方的新奇景象和氣味得到快樂。這個地方的聲音也給他帶來了樂趣，因為他的聽覺非常敏銳，在草叢間聽到了許多奇怪但悅耳的聲音，窸窸窣窣，唧唧切切，那是承受住十一月初寒冷天氣的蟲。甚至當他把頭貼著地面時，地球本身也發出了細微難聞的呢喃。

空中驀地傳來一陣振翅聲，一對對黑色翅膀湧動起來，接著是嘶啞的鳥鳴，十來隻烏鴉從頭頂飛過，越過了田野。這個安西亞人望著牠們，直到牠們消失在視線之外，然後他笑了，這終歸是一個美好的世界……

✦

他的營地在一個精心挑選的荒蕪之地——肯塔基州東部一個廢棄的煤田裡，方圓幾英里內什麼也沒有，只有光禿禿的地面，一小叢一小叢蒼白的鬚芒草，幾塊烏黑的露頭。帳篷就搭在一塊露頭旁，以岩石為背景，幾乎看不見。帳篷是灰色的，用看似棉質斜紋布的材料製成。

回到那裡時，他已經筋疲力盡，必須稍作喘息，才有力氣打開麻布袋取出食物。他非常謹慎，戴上薄手套才敢碰觸包裹，把它們放在小折疊桌上。他從桌子下面取出一組器械，排放在他在哈尼鎮買的東西旁邊。他看著雞蛋、馬鈴薯、芹菜、小蘿蔔、米、豆子、香腸和紅蘿蔔，看了片刻，然後暗自發笑了一會兒。這些食物似乎是無害的。

然後他拿起一個小型金屬裝置，將一端插入馬鈴薯，開始進行定性分析……

三個小時後，他吃下生的紅蘿蔔，還咬了一口小蘿蔔，舌頭被辣得發麻。食物很好——非常奇怪，但好吃。然後他生了火，煮了蛋和馬鈴薯。香腸他拿去埋了，因為他發現裡面有一些他不能確定的氨基酸。但除了無所不在的細菌，其他食物對他來說並沒有危險，與他們的預期相同。馬鈴薯富含碳水化合物，但他覺得好吃。

他非常疲累，但躺到折疊床之前，走到外面看了看兩天前——也就是他在地球上的第一天——他毀掉他單人太空船的引擎和儀器的地方。

2

音樂是莫札特的 A 大調單簧管五重奏。就在最後的小快板前，法恩斯沃斯調整了每架前置放大器的低音響應，並且略微提高了音量，然後笨重地坐到皮革扶手椅上。他喜歡帶有強烈低音泛音的小快板，這會讓單簧管有一種本身似乎就具有某種意義的共鳴。他盯著俯瞰第五大道的窗戶的窗簾，胖乎乎的手指交疊在一起，聽著音樂的發展。

音樂結束後，磁帶自己切斷了電源，他朝著通往外面辦公室的門口望去，見到女僕正耐心地站在那裡等著他。他瞥了一眼壁爐上的瓷鐘，皺起了眉頭，然後看著女僕說：「什麼事？」

「有位牛頓先生來了，先生。」

「牛頓？」他不認識什麼叫牛頓的有錢人。「他想幹什麼？」

「他沒說，先生。」然後她微微揚起一側的眉毛。「他很古怪，先生，他看上去是個……非常重要的人。」

他想了一會兒，然後說：「帶他進來吧。」

女僕說得沒錯，這個人非常古怪。高大，瘦削，一頭白髮，骨架非常纖細。他的皮膚很光滑，臉龐透著稚氣——但那雙眼睛非常奇怪，好像很虛弱，過於敏感，但又流露著一種老成、聰慧而疲憊的眼神。此人穿著要價不斐的深灰色西裝，走到一張椅子前，小心翼翼地坐下來——他緩緩地坐到椅子上，彷彿揹負著很重的東西。他看著法恩斯沃斯，露出笑容。「奧利弗．法恩斯沃斯？」

「牛頓先生，想喝點什麼嗎？」

「請給我一杯水。」

法恩斯沃斯心裡聳了聳肩，交代了女僕一聲，等她走後，看著他的客人，身體向前一傾，做了一個常見的手勢，意思是：「我們開始吧。」

然而，牛頓仍然直挺挺坐著，細長的雙手交疊在膝上。他說：「據我所知，專利是你的專長？」他有一點口音，發音太過精確，也太過正式。

法恩斯沃斯聽不出是哪裡的口音。

「沒錯。」法恩斯沃斯回答，然後簡慢地說：「我有辦公時間，牛頓先生。」

牛頓似乎沒有聽到這句話，他的語氣溫和且由衷。「事實上，據我所知，你在美國是專利的第一把交椅，還有，請你辦事要花很多錢。」

「沒錯，我這方面很拿手。」

對方說：「很好。」他把手伸到椅子旁邊，提起了他的公事包。

「你想要什麼？」法恩斯沃斯又看一眼鐘。

「我想和你計畫一些事情。」那個高個子男人從公事包裡拿出一個信封。

「時候不是很晚了嗎？」

牛頓已經打開了信封，抽出薄薄一疊用橡皮筋束著的鈔票。他抬起頭來，親切地笑了笑。「麻煩你過來拿好嗎？走路對我來說非常困難，因為我的腿。」

法恩斯沃斯很不高興，從椅子站起來，走到高個子男人面前，接過錢，又回來坐下。全是面額一千美元的大鈔。

牛頓說：「一共是十張。」

「你也太他媽誇張了吧？」他把那疊鈔票放進休閒夾克口袋裡。「要換什麼？」

牛頓說：「換今晚，換你大約三個小時的全副精神。」

「可是，天啊，為什麼要在夜裡呢？」

對方漫不經心地聳了聳肩。「哦，有幾個原因，隱私是一個。」

「你不用出一萬美元也能得到我的注意。」

「沒錯，但我也想讓你深刻地明白……我們談話的重要性。」

「好。」法恩斯沃斯靠在椅背上。「說吧。」

瘦子似乎很放鬆，但他的身體並沒有往後靠。他說：「首先，法恩斯沃斯先生，你一年賺多少？」

「我不是領死薪水的。」

「那這麼問吧，你去年賺了多少？」

「我就說吧，你都付錢了，大約一百四十萬。」

「我明白，那麼，照這樣看來，你很有錢？」

「是的。」

「不過你想賺更多？」

愈來愈荒謬了，這個對話就像一個粗製濫造的電視節目，不過既然對方付錢，最好還是配合吧。他從皮盒子抽出一根菸，說道：「當然想多賺點。」

牛頓這次稍稍向前傾了傾。他說：「法恩斯沃斯先生，多賺很多很多嗎？」他笑著說，開始從中獲得了許多的樂趣。

這句問話當然也像電視節目，不過對方聽懂了暗示，回答：「是的。」然後問：「來根菸嗎？」他把盒子遞給客人。

頂著一頭白鬈髮的男人沒有理會菸，他說：「法恩斯沃斯先生，如果你未來五年能夠為我殫心竭力，我可以讓你變得非常富有。」

法恩斯沃斯不動聲色，點了菸，同時腦子飛快地轉動著，把這整段奇怪的晤談翻來覆去。他不解眼前的情況，因為此人的提議不太可能是理智的。但這個人，可能是個怪人，很有錢，最好暫且配合一下。女僕用銀托盤端著玻璃杯和冰塊進來了。

牛頓謹慎地從托盤拿起他那杯水，接著一手拿著，另一手從口袋掏出一盒阿斯匹靈，以大拇指撬開盒子，扔了一顆到水中。藥溶解了，水變得又白又渾濁。他拿著杯子看了一會兒，然後開始喝水，喝得非常緩慢。

法恩斯沃斯是律師，善於觀察細節。他一眼就看出這盒阿斯匹靈有些不對勁，這東西很常見，看來是拜耳公司生產的阿斯匹靈，但總覺得有什麼地方不大對。牛頓喝水的方式也不對，他喝得很慢，小心翼翼不灑出一滴水——彷彿水非常珍貴。阿斯匹靈讓水變得渾濁，這似乎也不對。那人走了以後，他得先拿顆阿斯匹靈試一試，看看會發生什麼。

女僕離開前，牛頓請她把他的公事包提去給法恩斯沃斯。她退下後，他深情地喝了最後一口水，把幾乎仍舊是滿的杯子放在身邊的桌子上。「公事包裡有些東西我想讓你看一下。」

法恩斯沃斯打開公事包，找到厚厚一疊的紙，抽出來放在腿上。他立刻注意到，紙張有一種不尋常的觸感，非常薄，卻又硬又有彈性。第一頁主要是用藍墨水整齊列印的化學分子式。他匆匆翻閱其餘的文件：電路圖、圖表、看似工廠設備的略圖。還有工具和鋼模。乍一看，有些分子式似乎很眼熟。他抬起頭來，「電子工業？」

「沒錯，一部分是，你對這類設備很熟悉吧？」

法恩斯沃斯沒有回答。如果對方對他有什麼了解的話，一定知道他領導近四十名律師組成的團隊，幫世上第一大電子零件製造聯合企業打過六次仗，拯救了企業生命。他開始閱讀文件……

✦

牛頓直挺挺坐在椅子上望著他，他的白髮在吊燈燈光下閃閃發光。他面帶微笑，但其實他全身都在痛。過了一會兒，他拿起杯子，開始小口小口地慢慢喝起水，在他漫長的一生中，水，始終是他故鄉最珍貴的東西。他慢慢地喝，看著法恩斯沃斯閱讀。他所感受到的緊張，在這個仍舊陌生的世界、全然陌生的辦公室中謹慎掩藏的焦慮，以及這個胖子——雙下巴鼓起，腦袋皮膚緊繃，一雙豬眼似的小眼睛——給他帶來的驚嚇，開始漸漸遠離他了。他知道，他已經抓住了這個人，他來對地方了……

✦

兩個多小時過去後，法恩斯沃斯才從文件上抬起頭來，在這段期間，他喝了三杯威士忌。他的眼角紅了，他朝牛頓眨了眨眼睛，一開始幾乎看不清楚他，然後睜大了小眼睛凝視著他。

牛頓說：「怎樣？」他仍然掛著笑容。

胖子吸了一口氣，搖了搖頭，像是在釐清思路。他開口時，聲音柔和，語氣猶豫，非常慎重。他說：「我不全懂，只懂一些，不多。我不懂光學——也不懂底片。」他回頭再看手上的文件，像要確定它們還存在。他說：「牛頓先生，我是律師，我是一名律師。」然後，他的聲音突然恢復了活力，顫抖但有力，肥胖的身體和小眼睛也變得專注機警。「但我懂電子學，也懂染料，我想我懂你的……揚聲器，我想我懂你的電視機，還有……」他停頓了一下，眨了眨眼睛。「天啊，我認為確實可以按照你說的方式製造。」他慢慢地舒了口氣。「看起來很有說服力，牛頓先生，我認為行得通。」

牛頓仍在對他微笑。「一定可行，通通可行。」

法恩斯沃斯抽出一支菸點燃，讓自己平靜下來。「我得確認一下，金屬，電路什麼……」他用肥胖的手指夾著香菸，突然打斷了自己的話。「天哪，老兄，你知道這一切代表什麼嗎？你知道你這裡就有九項基準——基準專利嗎？」他肥短的手舉起一張紙，「光是這個影像傳輸和那個小整流器？而且……你知道這代表著什麼嗎？」

牛頓的表情沒有變化，他說：「我知道這代表著什麼。」

法恩斯沃斯慢慢地吸著菸。「如果你是對的，牛頓先生……」他的聲音現在恢復冷靜了，「如果你是對的，RCA是你的，伊士曼柯達是你的，天啊，杜邦是你的。你知道你這裡有什麼嗎？」

牛頓緊盯著他說：「我很清楚我這裡有什麼。」

✦

他們開了六個小時的車，才開到法恩斯沃斯位於鄉間的別墅。有一段時間，牛頓努力繼續交談，在豪華轎車後座角落硬撐著。他的身體已經快不堪承受他自知要幾年時間才能適應的強大地心引力，但汽車的重型加速器又給身體帶來了天旋地轉般的痛苦，他不得已只能告訴律師，他非常累，需要休息，然後閉上眼，讓椅背靠墊盡量承受他的體重，自己則盡量忍著疼痛。車內的空氣對他來說也太溫暖了——那是家鄉最熱時節的溫度。

好不容易，駛出城市外圍後，司機的駕駛變得平穩起來，啟動煞車所造成的劇烈顛簸也開始減弱。他瞥了幾眼法恩斯沃斯，這個律師沒有打瞌睡，他坐在那裡，手肘靠在膝上，仍然翻著牛頓給他的文件，一雙小眼睛晶亮而熱切。

別墅位於一大片樹林中，占地闊廣，與世隔絕。建物和樹木似乎是濕的，在灰濛濛的晨光中隱約閃爍，很像安西亞的正午光線，讓他過於敏感的眼睛感到舒坦。他喜歡森林，喜歡森林中安靜的生命，喜歡那晶瑩的水氣——喜歡這片土地上水分充沛的豐饒感受，甚至喜歡昆蟲唧唧切切叫個不停。與他自己的世界相比，這是一個無盡的快樂源泉。在他的世界，在幾乎荒廢的城市之間，在寬闊空曠的沙漠中，唯一的聲響是寒冷和無止境的風的嗚咽，道出了他那垂死同胞的痛苦……

一個穿著浴衣、睡眼惺忪的僕人在門口迎接他們。法恩斯沃斯要了一杯咖啡，打發他走，然後在他身後喊著，他必須替他的客人準備一間房，還有，他至少三天內不接電話。接著法恩斯沃斯帶他進了書房。

書房非常大，裝潢比紐約公寓的書房更加奢華，顯然法恩斯沃斯也看大富豪看的雜誌。地板中央擺了一尊抱著一把精緻七弦琴的白色裸女雕像。兩面書牆，第三面牆掛著一幅巨畫，畫的是一個牛頓認得的宗教人物，釘在木十字架上的耶穌。畫上的那張臉讓他吃了一驚——瘦削的臉龐，炯炯有神的大眼，說那是安西亞人的臉也不無可能。

然後他看著法恩斯沃斯，法恩斯沃斯眼露倦意，但現在鎮定多了，他靠坐在扶手椅上，兩隻小手在肚皮上相握，眼睛望著他的客人。他們的目光尷尬地對視了一會兒後，律師轉過頭去。

過了一會兒，他回過頭來，平靜地說道：「那麼，牛頓先生，你有什麼計畫？」

他露出笑容。「我的計畫非常簡單，我要賺錢，愈多愈好，愈快愈好。」

律師面無表情，但語氣夾著諷刺。他說：「你的簡單很精確，牛頓先生，你想要賺多少？」

牛頓漫不經心地盯著房裡那些昂貴的藝術品。「我們能賺多少？比方說，五年的時間？」

法恩斯沃斯看著他一會兒，然後站起來，踩著疲憊的步伐，搖搖擺擺走到書架前，轉了幾個小旋鈕，藏在房內某處的揚聲器開始播放起小提琴音樂。牛頓不認得那旋律，但它很平靜，也很複雜。法恩斯沃斯又調整了幾個轉盤，然後說：「這要看兩件事。」

「哪兩件？」

「首先，你想多守規矩，牛頓先生？」

牛頓的注意力又集中在法恩斯沃斯身上，他說：「完全遵守規矩，法律上的規矩。」

「我明白。」法恩斯沃斯似乎無法將高音控制調整到合他心意的地步。

「那麼，第二件事：我拿多少？」

「淨利潤的百分之十，所有公司股分的百分之五。」

法恩斯沃斯的手指突然離開了揚聲器的控制鈕，他慢慢回到椅子上，然後淡淡一笑。他說：「好吧，牛頓先生，我想我能在……五年內，給你帶來三億美元的淨資產。」

牛頓想了想，然後說：「那還不夠。」

法恩斯沃斯盯著他看了大半晌，眉毛高高挑起，然後說：「對什麼來說還不夠，牛頓先生？」

牛頓的眼神變得堅定。「對一個……研究計畫，非常花錢的一個計畫。」

「我敢說絕對是非常花錢。」

高個子男人說：「假如說，我可以為你提供一種比現行的任何提煉石油方法效率要高百分之十五的方法？這樣能讓你的數字提高到五億嗎？」

「你的……煉油廠能在一年內建立起來嗎？」

牛頓點點頭。「一年之內，它的產量就會超過標準石油公司——我想，我們不妨租給他們使用。」

法恩斯沃斯又瞪大了眼，最後說：「我們明天就開始起草文件。」

「好。」牛頓僵硬地從椅子站起來。「到時我們再詳細討論協議的細節，其實要考慮的只有兩個重要的因素：你用正當手段弄到錢，還有，除了你以外，我幾乎不用跟誰接觸。」

他的房間在樓上，有一瞬間他覺得自己爬不動，但他一步一步，終究是爬上去了。法恩斯沃斯走在他身邊，什麼也沒說。律師帶他去看了房間，然後看著他說：「牛頓先生，你真是個不尋常的人，介不介意我問你是哪裡人？」

這個問題完全出乎他的意料，但他保持了鎮定。他說：「不介意，法恩斯沃斯先生，我是肯塔基州人。」

律師的眉毛微微一挑。「原來如此。」說完他轉過身，笨重地沿著大理石地板的走廊走遠，跫音回蕩在長廊……

房間的天花板極高，陳設華麗。他注意到牆面嵌著電視機，就算躺在床上也能看。一見到電視，他就露出了疲憊的笑容——他總得看一看，看看這裡的收訊情況和安西亞的收訊情況相比如何，再看一些節目也一定很有趣。他一直很喜歡西部片，不過機智節目和星期天的「教育」節目為他故鄉的工作人員提供了大部分他已經牢記的資訊。他很久沒看電視了……這趟旅程花了多久時間？……四個月。他又在地球待了兩個月——賺錢，研究病菌，研究食物和水，改善口音，讀報紙，為與法恩斯沃斯的關鍵會晤做準備。

他望著窗外變得更明亮的晨光，望著淡藍色的天空。在天空的某處，很可能就在他正望著的地方，是安西亞。一個冰冷的垂死之地，但卻是一個讓他產生思鄉之情的地方，一個有他所愛的人的地方，他將會有很長一段時間不會再見到他們……但他一定能再次見到他們。

他拉上窗簾，輕輕地讓疲憊疼痛的身體躺到床上。不知怎的，所有的興奮似乎都消失殆盡，他變得沉著而冷靜，幾分鐘內就睡著了。

午後的陽光喚醒了他，儘管光刺痛了他的眼——因為窗簾是半透明的——但醒來時他覺得精力充沛，心情愉快。可能因為這張床比之前睡過的那些偏僻旅店的床鋪更柔軟，也可能是昨晚的成功讓他鬆了一口氣。他躺在床上想了幾分鐘，然後下床走進浴室。已經有人替他準備了一把電動刮鬍刀，還有肥皂、方巾和毛巾。他微微一笑，安西亞人是不長鬍鬚的。他轉開浴室的水龍頭看了一會兒，水源源不絕流出，這個景象一如既往讓他看得入神。然後他洗了臉，沒有用肥皂，肥皂會刺激他的皮膚，而是用了他公事包裡一個罐子裡的乳霜。然後他照例吃了藥，換了衣服，下樓開始賺取那五億美元……

✦

經過六個小時的討論規劃後，他那晚在房間外的陽台上站了很久，望著漆黑的天空，享受著涼爽的空氣。恆星和行星顯得生疏陌生，在沉重的大氣層中熠熠生輝，他喜歡看著它們在陌生的位置。不過他對天文學所知不多，除了北斗七星和幾個小星座之外，他看不出其他的星座。他最後回到房間裡。要是能知道哪一個是安西亞就好了，但是他無法分辨……

3

在一個暖和得不合時節的春日午後，納森．布萊斯教授走上他的四樓公寓時，在三樓的樓梯平台上發現了一捲紙炮。他想起昨日下午走廊響起玩具槍的砰砰聲，撿起了紙炮，打算回到公寓後沖進馬桶。他其實看了好一會兒才認出這一小捲東西，因為它是亮黃色的，他小時候紙炮都是紅色的，一種特殊的鐵銹色，那種顏色似乎才最適合紙炮鞭炮之類的東西。不過看來現在他們也製造黃色紙炮，就如他們會生產粉紅色冰箱，黃色鋁水杯，以及其他此類不協調的怪東西。他汗流浹背地繼續走上樓，思索著製造黃色仿鋁水杯所涉及的微妙化學應用。他心想，山頂洞人不懂那些繁複的化學工程知識——分子行為和商業過程那些邪惡複雜的知識——直接用長滿繭的手捧起水來喝，就能過得很好，而他，納森．布萊斯，收錢幫人了解並發表相關的研究論文。

回到公寓時，他已經忘了紙炮，太多其他事情要處理。在他那張刮痕錯綜的大橡木書桌的一側，有一堆亂糟糟的學生報告，這堆報告已經堆在那裡六個星期了，想到就讓人痛苦。書桌旁有一台古老的灰漆蒸汽暖氣，在當今電熱時代，是一個不合時宜的東西，過時的鐵製外殼上堆著一摞雜亂無章看了就怕的學生實驗筆記本。筆記本堆得那麼高，幾乎完全遮住了暖氣上方那一小幅拉山斯基的複製畫，只剩一雙垂瞼的眼露出來——這對眼睛，可能是一位疲憊不堪的科學之神的眼睛，痛苦地默默凝視著實驗報告。布萊斯教授會這麼想像，因為他習慣冒出冷嘲熱諷的怪念頭。他還注意到一件事，他到這個中西部小城三年了，只遇到幾樣有價值的東西，這一小張複製畫——蓄著鬍鬚的男人的臉——是其中一樣，現在因為學生的作業而看不見了。

在他整潔的那一側書桌，打字機像是另一個世俗的神——一個粗魯、平凡、要求過高的神——仍然卡著一篇討論電離輻射對聚酯樹脂之影響的論文的第十七頁，這篇論文不會有人要，不會有人尊重，而且可能永遠都不會完成。布萊斯的目光迎上這一片沉悶的混亂：紙張四散，如同一座炸毀的紙牌屋城市；學生的作業——氧化還原方程式和討厭的工業酸劑調製方法——改都改不完，而且答案簡潔得嚇人；聚酯樹脂的論文同樣無聊，令人生厭。他雙手插到大衣口袋裡，盯著這些東西，看了整整三十秒鐘，心中沮喪極了。然後，由於房間很熱，他脫下大衣，扔在金絲錦緞躺椅上，伸手到襯衫下抓了抓肚子，然後走進廚房開始煮咖啡。水槽堆滿了骯髒的蒸餾器、燒杯和小罐子，還有早餐盤，其中一個沾著蛋黃汁。看著這不可思議的混亂，他有那麼一瞬間很想絕望地大叫。但他沒有大叫，只是站了一會兒，然後輕聲地說：「布萊斯，你真是過得一團糟。」然後他找到一個還算乾淨的燒杯，沖洗乾淨，裝了咖啡粉，從熱水龍頭接了水，拿起實驗用溫度計攪了幾下就喝了。喝的時候，他從燒杯上方盯著白色爐子上方的牆壁，那裡掛著一幅巨大又昂貴的布勒哲爾複製畫：《伊卡洛斯的墜落》。很精美的一幅畫，他曾經非常喜愛，只是現在看習慣了，已經沒有了感動。如今它為他帶來的樂趣只有智力方面——他喜歡這幅畫的色彩、形式，還有業餘者喜愛的那類東西——他很清楚這應該是一個不好的兆頭，而且這種感覺和隔壁房間書桌四周那堆不詳報告有很大關係。喝完咖啡後，他用一種儀式般的溫和語調，朗誦了奧登評論這幅畫的幾句詩，不帶一絲特別的聲調或感情。

……豪華精巧的船必也看見
一幕奇景，一個男孩從天而降，
但有路要趕，仍平靜地繼續航行。

他放下燒杯，沒有清洗，直接就放在爐子上，然後捲起袖子，解下領帶，開始往水槽放熱水。他看著洗潔精泡沫在水龍頭的壓力下冒出來，好像一個多細胞的生物，一個巨大白化昆蟲的複眼。然後他開始讓玻璃器皿穿過泡沫，放到泡沫下方的熱水中。他找到了洗碗海綿開始洗，總得從哪裡開始收拾……

四個小時後，他累積了一小疊已評分的學期報告，往口袋裡摸找一條橡皮筋，想把它們捆起來。這時，他摸到了那捲紙炮。他從口袋掏出來，放在手掌上握了一會兒，然後傻乎乎地笑了。玩具槍他有三十年沒玩過了——自從某個歷史悠遠、滿臉粉刺的純真時期後，就沒玩過了，他放下玩具槍和《兒童詩歌花園》，改迷上一大套看起來有模有樣的「小小化學家」玩具組，祖父送的這個禮物像是命運女神直接推了他一把。突然他發現自己真希望有一把玩具槍，他想在空蕩蕩的公寓裡把這些紙炮一發一發打掉。然後他想起有一次，不曉得是多少年前的事，他好奇直接將紙炮點燃會發生什麼事——一個充滿快感的偏激念頭，只是他從未嘗試過。唔，沒有更好的時機了。他站起來，疲憊地笑了笑，走進廚房，把整捲紙炮放在一張銅網上，再把銅網放在三角架上，將酒精燈的酒精倒了些上去，像老學究般嘀咕著：「強制點火。」他從一堆木頭碎片上拿起一片木片，用打火機點燃，然後小心翼翼點燃紙炮。結果令他又驚又喜。他本以為只會聽到一連串不規則嗶嗶剝剝的細碎爆響，看到少許的灰色煙霧，沒想到竟聽到整捲紙炮在網子上瘋狂地跳動，夾雜著響亮又令人滿意的砰砰聲。但奇怪的是，沒有煙從黑色殘留物中冒出。他彎下腰，嗅了嗅剩下的那一小塊黑色東西，半點氣味也沒有。實在是怪了，天啊，他心想，科技進步得這麼快！另一個可憐的傻瓜化學家已經找到火藥的替代品了。替代品可能是什麼，他想了一想，然後聳了聳肩，也許改天再研究看看吧。不過他懷念火藥的味道——一種刺鼻但美妙的味道。他看了一眼手錶，七點半了，窗外已是春天的暮色，晚餐時間過了。他走進浴室，洗了手，也洗了一把臉，對著鏡中蒼白憔悴的自己搖了搖頭。然後他從沙發上拿起大衣穿上，出門去了。下樓時，他大略看了一下台階，想再找一捲紙炮，可惜沒有找到。

吃過漢堡配咖啡後，他決定去看場電影。他辛苦了一天——四個鐘頭的實驗室工作，三個鐘頭的教學，四個鐘頭閱讀那些白癡報告。他走在市中心，希望有一部科幻電影——鳥腦發生奇蹟，復活的恐龍在曼哈頓逛大街，或者來自火星的食蟲動物入侵，準備摧毀整個該死的世界（摧毀得好），這樣他們就可以吃蟲子了。但沒有這種電影，他只好將就選了一部音樂劇，買了爆米花和糖果棒，走進黑漆漆的小戲院，找了一個偏僻的走道座位坐下。他吃起爆米花，想去掉嘴裡漢堡中廉價芥末的味道。大銀幕開始播放新聞短片，他呆呆看著，心裡有點害怕會看到什麼。非洲暴亂的照片，非洲暴亂多少年了？從六十年代初就開始了嗎？黃金海岸一位政治家發表演說，威脅要對一些不幸的「煽動者」使用「戰術氫武器」。布萊斯在座位上侷促不安，為自己的職業感到羞愧。多年前，身為一名前途看好的研究生，他曾在最早的氫彈計畫工作過一段時間。如同可憐的老歐本海默[1]，他當時也有過嚴重的懷疑。新聞短片切換到剛果河沿岸導彈陣地的照片，然後是阿根廷的載人火箭比賽，最後是紐約的時尚，女人穿露胸禮服，男人穿褶邊褲。但布萊斯無法將非洲人從腦海中抹去，在無數診所和體面親戚的客廳中，多少人翻閱著《國家地理雜誌》，那些嚴肅的年輕黑

1 J. Robert Oppenheimer（1904-1967），第二次世界大戰期間，曾參與「曼哈頓計畫」（Manhattan Project），研發出人類的首枚核子武器。

人男子，正是雜誌中灰塵瀰漫鬱悶不樂的家族的孫子。他想起婦女下垂的乳房，每張彩色照片中必不可少的紅披巾，而今這些人的後代穿制服，上大學，喝馬丁尼，還自己製造氫彈。

音樂劇以強烈的庸俗色彩登場，似乎用炫目的力量就能抹去新聞短片的記憶。劇名叫《莎莉・萊斯利的故事》，故事又沉悶又嘈雜。布萊斯想專心觀賞漫無目的的動作和色彩，但發現沒辦法，一開始只好滿足於銀幕上年輕女子的緊實胸部和長腿，這的確足以讓人轉移注意力，但對於一個中年鰥夫而言，這種分心可能是痛苦的，也是荒謬的。面對露骨的感官誘惑，他侷促不安，便將注意力轉移到攝影上，第一次發現影像的技術品質十分好，線條和細節雖然在雙重鏡頭的巨大銀幕上放大，但看起來和接觸曬像一樣清晰。看到了這麼清楚的畫質，他眨了眨眼睛，用手帕擦了擦眼鏡再看，毫無疑問，影像完美無瑕。他對光化學略知一二，根據他對染料轉印法和三層乳劑彩色底片的了解，這種品質似乎不太可能達到。他驚訝地發現自己輕輕吹了聲口哨，然後帶著更大的興趣看完了電影——只在其中一個粉紅色的影像脫下胸罩時才偶然分了心——他始終不習慣在電影中看到這種畫面。

後來要離開電影院時，他還停下腳步瞧了瞧電影廣告，想看看他們對彩色處理有什麼說法。不難找到，在花花綠綠的廣告上有著一條醒目的橫幅，上面寫著：「世界彩」給您前所未有的嶄新色彩感受。但除此之外，再沒有別的了，只有下面一個用小圓圈圈起來的 R，代表「註冊商標」，底下小字印著「W. E. 公司所有」。他在腦子裡翻來覆去地尋找符合這些首字母的組合，但由於他的頭腦有時會冒出怪異的奇思妙想，他所想出的組合很可笑：萬．伊爾斯（Wan Eagles）、瓦姆蘇塔玉米餅（Wamsutta Enchiladas）、有錢工程師（Wealthy Engineers）、世俗性愛（Worldly Eros）。他聳了聳肩，將雙手插入褲子口袋，沿著夜晚的街道走下去，進入這座小小的大學城霓虹閃爍的中心地帶。

他焦躁不安，有些心煩，不想回家再讀那些報告，反而想找間學生出沒的啤酒館。他找到了一間，一個叫亨利的小酒館，頗為雅致，前窗放著德國啤酒杯。這家他來過，不過都是上午來的。這是他屈指可數的惡習之一。他的妻子在八年前過世（胃裡長了一個三磅重的腫瘤，死在一家光鮮的醫院裡），自此以後，他發現了幾個上午就喝酒的理由。在一個灰暗陰沉的早晨——一個無生氣牡蠣色天氣的早晨——他無意中發現，溫和但堅定地喝醉，以憂鬱為樂，也是件好事。但必須以化學家的精確來進行，否則一旦出錯，就會發生壞事，可能從不知名的懸崖墜落，在陰鬱的日子中，總有一些自憐和悲痛，像一群認真的老鼠，在早晨醉酒的角落裡啃來嚙去。但他是聰明人，明白這些事，如同施打嗎啡，適量是關鍵。

他推開亨利酒館的門，迎接他的是一架苦悶的自動點唱機，它占據著酒館中心，跳動著低音和紅光，宛如一顆生病發狂的心。他走進去，腳步有些踉蹌，穿過成排的塑膠雅座，雅座在早上通常都空著，色澤黯然，現在則坐滿了學生。有些學生認真地嘀咕，許多學生留著鬍子，穿著寒酸——如同戲劇中的無政府主義者，或者是三十年代老電影中的「外國勢力的代理人」。大鬍子底下呢？是詩人？是革命分子？其中一個學生修他的有機化學課，報告寫的卻是自由戀愛和「基督教倫理的腐朽屍體污染了生命之源」。布萊斯向他點了點頭，男孩尷尬地瞪了他一眼。他們大多是來自內布拉斯加州和愛荷華州的農家男孩，簽了裁軍請願書，討論著社會主義。有那麼一刻，布萊斯感到不安——他，一個疲憊的老布爾什維克，穿著粗花呢大衣，站在新階級中間。

他在吧檯找到一個狹窄的位置，向一個留著灰色劉海、戴著黑框眼鏡的女人點了啤酒。他從未在這裡見過她，上午招待他的是一個沉默寡言緬著面孔的老人，名叫亞瑟。這個女人的丈夫嗎？他茫然地對她笑了一笑，接過啤酒，快速喝了一大口，就覺得不大自在想離開。他腦後的點唱機開始播放一首民謠，齊特琴發出金屬般的顫音。啊，老天爺，選一捆棉花吧！啊，老天爺……在他旁邊的吧檯座椅，一個白人女孩正在和一個眼神憂鬱的女孩談論詩歌「結構」，問她這首詩是否「有效」，這種談話讓布萊斯感到恐懼，這些孩子是能知道什麼？然後他想起自己二十多歲主修英語那年說過的八股道學：「意義的層次」、「語義問題」、「象徵層面」。噯，知識和見解有很多替代詞——謬誤的隱喻無處不在。他喝完了啤酒，不知道為什麼又點了一杯，儘管他很想離開，想遠離喧鬧和這些故作姿態。他，這個自負的混蛋，是不是對這些孩子不公平？年輕人總是看起來傻頭傻腦，被外表所蒙騙——誰都一樣。與其加入兄弟會，或者什麼事都要跟人爭辯，他們還是留大鬍子的好，等他們走出校園，剃了鬍子，開始尋找工作時，很快就會對這種乏味的愚蠢行為有充分的了解。或者他在這一點上也錯了？總是有這樣的可能，他們——至少其中一些人——確實成為了艾滋若．龐德[2]，永遠不會剃掉大鬍子，成為出色耀眼的法西斯主義者、無政府主義者、社會主義者，死在聞所未聞的歐洲城市，寫出雋永之詩，創造了意味深長的畫，生時無財，死後有名。[3]啤酒喝完了，他又要了一杯，喝著喝著，腦海中閃過電影院海報的畫面和「世界彩」幾個大字，他想到W.E.公司的W可能代表「世界彩」（Worldcolor），或者，也許代表「世界」（World）。那E呢？「消滅」（Elimination）？「裸露癖」（Exhibitionism）？「色情」（Eroticism）？還是——他冷冷一笑——只是「出口」（Exit）？他朝旁邊那個穿紅上衣的女孩露出聰明的笑容，就是正在談論語言「結構」的那一個，她應該沒有十八歲。她半信半疑地看了他一眼，黑眼透著嚴肅。這時他感到有什麼刺痛了他；她是那麼漂亮。他斂起了笑容，三兩下喝完啤酒，然後走了。往外走時，他經過雅座，那個留著鬍子的有機化學課學生說：「你好，布萊斯教授。」語氣非常親切。布萊斯向他點了點頭，嘟囔了幾聲，然後推開門，走進溫暖的夜裡。

十一點了，但他不想回家，他想打電話給蓋博，他在教職員中唯一的密友，但很快決定還是不打了。蓋博很有同情心，但現在似乎也沒有什麼可說的。他不想談論自己，自己的恐懼，自己的廉價欲望，自己那可怕而愚蠢的生活。他繼續往前走。

快午夜時，他在鎮上一間通宵營業的藥妝雜貨店停下來，店內空無一

2 Ezra Pound（1885-1972），美國意象派詩歌運動的重要代表人物。
3 出自艾滋若・龐德的長詩 Cantos。

人，只有一個上了年紀的店員站在閃閃發光的塑膠快餐櫃檯後面。他坐下來點了杯咖啡，眼睛習慣了螢光燈虛假的光芒後，開始懶洋洋地打量櫃檯，讀著阿斯匹靈罐子的標簽、相機設備和剃鬍刀片包裝……他瞇著眼睛，頭開始痛了起來，啤酒、燈光……仿曬乳液和口袋扁梳，然後有什麼東西牢牢吸引住他的目光。「世界彩：35毫米相機底片」，這行字就印在扁梳旁邊、指甲剪底下的一排藍色方盒上。他嚇了一跳，自己也不知道為什麼。

店員就站在附近，布萊斯冷不防開口說：「請讓我看看那個底片。」

店員瞇起眼睛看著他——光線也刺痛了他的眼睛嗎？——然後說：「什麼底片？」

「彩色的，世界彩。」

「哦，我不——」

「當然，我知道。」他很驚訝自己的聲音很不耐煩，他沒有打斷別人說話的習慣。

老人微微皺了皺眉頭，拖著腳步走過去，拿下一盒底片，然後用誇張的堅定手勢放在布萊斯面前的櫃檯上，一句話都沒說。

布萊斯拿起盒子看標簽，大字下面印著小字：「無顆粒，完美平衡的彩色膠片。」再下面則是：「ＡＳＡ感光度二百至三千，依沖洗而定。」我的天！他想，感光度不可能這麼高，變數呢？

他抬頭看著店員，「多少錢？」

「六美元，可拍三十六張照片，二十張的是二美元七十五分。」

他掂了掂盒子，很輕。「太貴了吧？」

店員做了個怪表情，露出某種老人的惱怒。「不貴，沖洗又不用錢。」

「哦，我明白了。他們替你沖洗，裝在信封寄給你……」他停下來不說了，這個對話真愚蠢，有人發明一種新底片，他在乎什麼呢？他又不是攝影師。

店員停頓了一下說：「不是。」然後轉身朝門走去，「它會自動沖洗。」

「它什麼？」

「自動沖洗，你底片買是不買？」

他沒有回答，只是把手裡的盒子翻過來，兩頭都印著醒目的「自動沖洗」字樣。他心裡一驚，我怎麼沒在化學期刊看過？新的沖洗方法……

「我買。」他心不在焉地看著標簽說，標簽底有一排小字：W. E.公司。

「我買。」他摸出皮夾，給了那人六張縐巴巴的鈔票。「怎麼沖洗？」

「把它放回罐子。」那人收了錢後，似乎感到寬慰，不那麼暴躁了。

「放回罐子？」

「裝它的小罐子，拍完照片就把它放回罐子裡，然後按下罐子上的一個小按鈕，裡面有說明書會教你，按一次或是多按幾次——依照所謂的『快門速度』決定，說明書寫得很清楚。」

「哦。」咖啡還沒喝完，但他站了起來，小心翼翼把盒子輕輕地放進大衣口袋。

離開前，他問店員：「這東西上市多久了？」

「底片嗎？大約兩三個星期，很好用，我們賣了不少。」

他直接走回家，心裡想著底片的事。怎麼會有這麼好的東西，這麼簡單？他不經意從口袋掏出盒子，用大拇指指甲推開盒子，裡面有一個藍色金屬罐，罐子有一個螺旋蓋，上頭突起一個紅色按鈕。他轉開罐子，一張說明書包著一捲看起來很普通的35毫米底片。在按鈕底下的罐蓋內側有一個小格柵，他用拇指甲摸了摸，似乎是用瓷做的。

回到家，他從抽屜裡挖出雅格斯古董相機。裝上底片前，他先從底片殼拉出大約一英尺長的底片，讓它曝光，然後撕下來。摸起來粗粗的，沒有膠狀乳劑常有的光滑感。他把其餘的底片裝進相機，為了讓底片迅速曝光，他隨機拍攝了牆壁、暖氣、疊在桌上的報告，在昏暗的光線下，以1／800秒的快門速度拍攝。拍完後，他把底片裝到罐子裡顯影，按了八次按鈕，然後打開罐子，同時嗅著罐子裡的氣味，一股微弱的藍色氣體帶著刺鼻無法辨認的氣味飄了出來，罐裡沒有液體，難道是氣態顯影？他急忙拿出整捲底片，將底片從殼裡拉出來，拿去對著燈光照。他見到一組完美的透明圖案，色彩細膩，細節逼真。他大聲吹了一聲口哨，說了聲：「該死。」然後拿起那張空白底片和那一條透明影像走進廚房。他開始準備快速分析所使用的材料，排好燒杯，拿出滴定設備。他發現自己興匆匆地工作著，根本沒花時間去想是什麼讓他對這東西好奇到了狂熱的地步。有一件事令他耿耿於懷，但他沒有理會，他正忙得不可開交……

✦

五個小時後，清晨六點了，窗外天空灰濛濛的，鳥鳴不絕於耳，他筋疲力盡地癱在廚房的椅子上，手裡拿著一小張底片。他沒有用盡所有試驗方法，但已經試得夠多了，能夠確認底片中沒有任何傳統的攝影用化學物質，完全沒有銀鹽。他紅著眼坐在那裡，盯著底片看了幾分鐘。然後他爬起來，疲憊不堪地走回臥室，倒在未整理的床上。他仍然穿著衣服，窗外有鳥叫聲，太陽正在升起，睡著之前，他用語帶挖苦的沙啞聲音大聲說：「一定是一種全新的技術……有人從瑪雅遺址挖掘出的科技……或者來自其他星球……」

4

人們穿著春裝，在人行道上快步走動，到處都是年輕女子，高跟鞋噠噠噠作響（即使在車上他也能聽到），許多人衣著華麗，她們的衣裳在強烈晨光下顯得格外明亮。雖然這幅景象刺痛了他仍舊過於敏感的眼睛，看到這些人、這些色彩，他心情相當好，還吩咐司機在公園大道上慢慢開。這是一個美好的日子，是他在地球上第二個春天第一個真正明媚的日子。他面帶微笑倚著特製靠墊，汽車以緩慢而穩定的速度駛向市中心，司機亞瑟非常可靠，他被選中正是因為他開車極穩，能夠穩定保持速度，避免行車時出現突如其來的變化。

到了中城，他們拐上第五大道，在法恩斯沃斯的舊辦公大樓前停車，現在大樓入口一側掛了塊黃銅牌匾，用不引人注意的凸字寫著：世界企業。牛頓把墨鏡調整成較深的顏色，抵禦車外的陽光，然後慢慢走下了轎車。

他站在人行道上，伸了個懶腰，感覺陽光打在臉上——這樣的陽光對周圍的人來說很暖和，對他則是炎熱，不過令人愉快。

亞瑟把頭探出窗外說：「牛頓先生，需要等您嗎？」

他又伸了個懶腰，享受著陽光，享受著空氣。他已一個多月沒有離開他的公寓。他說：「不用了，我會打電話給你，亞瑟，不過我恐怕晚上才會需要你，你想看電影的話，去看沒關係。」

他走進去，穿過走廊，經過一排排的電梯，來到大廳盡頭的專用電梯，一個服務生僵直地站在那裡等著他，他的制服無可挑剔。牛頓暗自發笑，他可以想像，在他打電話說他明天早上要來之後，昨天一定有很多命令發出去。他三個月沒進辦公室，他很少離開公寓。年輕的電梯服務生給了他一個練習過但仍舊緊張的問候：「早安，牛頓先生。」他朝他微微一笑，進了電梯。

電梯緩慢平穩地把他帶到七樓，這裡以前是法恩斯沃斯的律師事務所。他走出電梯時，法恩斯沃斯已經在等他了。律師穿著灰色絲綢西裝，像個大人物，指甲修剪得整潔無瑕的肥大無名指上，閃著一顆耀眼的紅寶石。他說：「你看起來精神很不錯，牛頓先生。」輕柔地握住他伸出的手。法恩斯沃斯觀察力敏銳，很快就注意到，如果太粗暴碰到牛頓，牛頓會微微畏縮。

「謝謝你，奧利弗，我最近感覺特別有精神。」

法恩斯沃斯帶著他穿過走廊，經過辦公室，進入一個掛著W. E.公司牌匾的房間。他們經過一群秘書，秘書在他們走近時畢恭畢敬，不敢發出聲響。他們進入了法恩斯沃斯的辦公室，門上的小銅字寫著：O. Y.法恩斯沃斯總裁。

辦公室內部的家具和以前一樣，形形色色洛可可風格的桌椅几櫃，以裝飾怪異的卡菲利大桌最為顯眼。房裡一如既往迴盪著音樂，這次是小提琴曲，牛頓聽了並不舒服，但什麼也沒說。

他們聊了幾分鐘，一個女僕替他們端來了茶——牛頓已經喜歡上喝茶，但只能喝微溫的茶——然後他們開始談生意的事：他們在董事會的地位，安插調整董事職位、控股公司、授權、許可證和版稅、新工廠的融資、購買舊工廠、市場、價格、公眾對於他們製造的七十三種消費產品——電視天線、晶體管、底片和輻射探測器——的興趣的增減，還有從煉油法到用於兒童玩具的無害火藥替代品等三百餘項專利的授權事宜。牛頓很清楚，法恩斯沃斯非常驚奇自己對這些事情瞭若指掌，甚至比平日還要驚奇；他告訴自己，回憶數字和細節時，最好還是故意犯一些小錯。不過，在這些事情上，運用他那安西亞人的腦袋做事很愉快，很刺激，雖然他也知道，這種快樂來自虛榮與廉價的驕傲，就像這幫人——他總是把他們當作「這幫人」，即使他是愈來愈喜歡和欽佩他們——就像這幫人裡，有人發現自己和一群非常機敏聰明的黑猩猩打交道。他很喜歡他們，出於他基本的人類虛榮心，無法抗拒在目瞪口呆的他們面前施展智力優勢的那種輕鬆愜意。然而，雖然這可能是一件令人愉快的事情，但他必須記住，這幫人比黑猩猩更危險——而且他們所有的人都已經幾千年沒有見過毫無偽裝的安西亞人了。

他們繼續交談，直到女傭替他們送來午餐；法恩斯沃斯吃雞肉切片三明治佐萊茵葡萄酒，牛頓則是燕麥餅乾和一杯水。他發現，就他身體系統的特殊性來說，燕麥是最容易消化的食物之一，所以他常吃燕麥。他們繼續討論了很久，討論各式各樣廣泛複雜的企業融資業務。牛頓喜歡遊戲的這部分，由於這部分的緣故，他被迫從零開始學習，關於這個社會、這個星球，有許多事無法靠著看電視學來。他發現自己在這方面有與生俱來的天分，這可能是一種返祖現象，可以追溯到遠古的祖先。在繁榮的古代，當這個地球正處於第二次冰河期時，原始的安西亞文化燦爛輝煌，而在嚴酷的資本主義時代之後，戰爭肆虐，最後安西亞的能源幾乎耗盡，水也沒了。他喜歡盤算籌碼和金融數字，不過這種能力給他帶來的刺激並不大，況且他玩得起這樣的遊戲，仰賴的是有萬年歷史的安西亞電子學、化學和光學才能提供的詐牌手法。只是他一刻也沒有忘記他到地球的目的，這個目的總是伴隨著他，不可避免地伴隨著他，如同他強壯卻又總是疲憊的肌肉仍舊隱隱作痛，無論這個巨大而多樣的星球變得多麼熟悉，它總還是不可思議地陌生。

他喜歡法恩斯沃斯，他喜歡他所認識的少數人類。他不認識任何女人，因為他害怕女人，原因他自己也不明白。他有時覺得難過，安全問題讓他無法更認識這些人，因為那樣太危險了。法恩斯沃斯，是一個精明的享樂主義者，也是一個精力充沛的金錢遊戲玩家，需要偶爾盯著，他可能很危險，但他的想法如寶石啄面，有許多細膩微妙的地方，他的高額收入——牛頓讓他的收入變成了三倍——並非僅僅依靠名聲而來。

他向法恩斯沃斯清楚說明了自己想做的事後，便靠在椅子上休息了一會兒，然後說：「奧利弗，既然現在錢開始……累積了，我有一件新的事情要做，我之前跟你提過一個研究計畫……」

法恩斯沃斯似乎並不驚訝，不過他大概本以為這次會晤的主題會是一件更重要的事。「所以呢，牛頓先生？」

牛頓露出溫和的笑容。「這會是一項不同的事業，奧利弗，而且恐怕還很花錢。我想你要把它建立起來，一定要費點功夫——起碼在財務方面。」他朝窗外看了一會兒，看著第五大道那排不起眼的灰色店家，又看了看那些樹。「那會是一個非營利性組織，我認為最好的辦法是成立一個研究基金會。」

「研究基金會？」律師噘起嘴。

「對。」他轉身面對法恩斯沃斯。「對，我想我們就在肯塔基州成立公司，用我所能籌到的全部資金，我想應該大約是四千萬美元——如果能得到銀行的幫助。」

法恩斯沃斯豎起了眉。「四千萬？你的資產連一半都沒有，牛頓先生，再過六個月也許行，但我們才剛剛開始……」

「是的，我知道，但我想我要把世界彩的權利賣給伊士曼柯達，賣斷。當然，如果你願意，你可以留著你的那一份，我相信伊士曼柯達會善加利用，他們願意付出相當高的價格買下——條件是，我在未來五年不會推出有競爭力的彩色底片。」

法恩斯沃斯的臉現在脹得通紅。「這不就像是在出售美國財政部的終身權益嗎？」

「我想是吧，但我需要資金。你自己也清楚，這些專利中存在著令人討厭的反壟斷行為的危險，柯達比我們更容易打入世界市場，真的，這樣我們就省了不少麻煩。」

法恩斯沃斯搖了搖頭，情緒稍微平和了點。「要是我有《聖經》的版權，我不會把它賣給蘭登書屋，但我想你知道自己在做什麼，你一向是知道的。」

5

在愛荷華州彭德利市彭德利州立大學，納森・布萊斯走入系上大老闆——卡努蒂教授——的辦公室。卡努蒂教授的職稱是「系務統籌顧問」，與現在大多數部門負責人的頭銜很像，在稱號大變動時期，推銷員都成了駐場代表，清潔工都叫做管理人。這一波改變風潮稍晚才吹到了大學，不過終究是吹來了，如今他們沒有秘書，只有接待員和行政助理，沒有頂頭上司，只有統籌顧問。

卡努蒂教授留著平頭，抽著菸斗，膚色猶如橡膠，露出制式的笑容歡迎他，招手要他走過鴿蛋藍的地毯，坐到淡紫色的塑膠椅子上，他說：「阿森，真高興見到你。」

布萊斯聽到「阿森」，險些露出明顯的厭惡表情，他看了一眼手錶，好像很急似的，說道：「卡努蒂教授，有件事我很好奇。」他其實並不急——

只是急著結束這次的會晤，考試結束了，他已經一個星期無事可做。

卡努蒂露出同情的笑容，布萊斯立刻咒罵自己，一開始就不該來找這個打高爾夫球的白癡，不過卡努蒂可能知道一些對他有用的東西，他是一個化學家，在這方面起碼不是傻瓜。

布萊斯從口袋裡掏出一個盒子，放在卡努蒂的桌子上。他說：「你見過這種新底片嗎？」

卡努蒂用他那柔軟無老繭的手拿起來，困惑地看了一會兒。「世界彩？我用過，阿森。」他毫不猶豫地放下。「這是很好的底片，自動沖洗。」

「你知道是怎麼辦到的？」

卡努蒂叼著沒有點燃的菸斗思索。「阿森，我不知道，我不能說我知道，我想就跟其他底片一樣，只是更……先進一點。」說了這句詼諧之語，他自己也笑了。

「不完全是。」布萊斯伸手拿起盒子掂了掂，看著卡努蒂那張和藹的臉。「我對它做了一些測試，結果讓我非常驚訝，你知道，最好的彩色底片有三種不同的乳劑，每個主色都有一個，結果呢，這個根本沒有乳劑。」

卡努蒂揚起眉毛。你最好裝出驚訝的樣子，你這個白癡，布萊斯心想。卡努蒂從嘴裡拿出菸斗說：「聽起來不可能，這樣哪裡可以感光？」

「顯然是片基，片基似乎是用鋇鹽做的——天才知道是怎麼做出來的，隨機分散的結晶鋇鹽，而且——」他吸了一口氣，「顯影劑是氣態——裝在罐蓋下的一個小槽裡，我嘗試找出裡面有什麼，只能確定有硝酸鉀，一些過氧化氫，還有一些像鈷一樣性質的東西，老天爺可以作證，都有輕度放射性，這也許能解釋一些事情，只是我還不確定能解釋什麼。」

卡努蒂給了他這篇彬彬有禮的小演講需要的漫長停頓。

然後他說：「阿森，聽起來很不尋常，他們在哪裡生產的？」

「肯塔基州一家工廠，但據我所能查出的，他們是在紐約成立公司，沒有股票在交易所上市。」

卡努蒂聽著，換了一副嚴肅的表情，布萊斯心想，這可能是他專為莊嚴場合保留的表情，比如獲准加入一個新的鄉村俱樂部。「我明白了，嗯，很複雜，對吧？」

很複雜？到底是什麼意思？當然很複雜，這是不可能做出來的。「沒錯，很複雜，這就是我想詢問你的事。」他遲疑了半晌，不大情願求這個外向又自負的傢伙幫他這個忙。「我想繼續研究，弄清楚到底是怎麼做出來的，不知道我能不能使用地下室一間大的研究實驗室——至少在這學期到下學期開學前這段時間，可以的話，我還需要一個學生助理。」

這段話說到一半，卡努蒂就往後遠遠一退，靠到那張包著塑膠的椅子上，好像布萊斯動手將他推到波浪狀的柔軟海綿墊上。他說：「實驗室都在使用，阿森，你也知道，我們現在有太多的工業和軍事研究計畫，超出了我們能力範圍，你為什麼不寫信詢問製造底片的公司呢？」

他竭力讓自己的聲音保持平靜：「寫過了，他們不回信，也沒有人知道他們，期刊上沒有關於他們的文章——連《美國光化學》期刊也沒有。」他停頓了一下。「聽我說，我只是需要一個實驗室，卡努蒂教授……沒有助理我也行。」

「叫我沃特就好，沃特．卡努蒂，但實驗室都滿了，阿森，約翰森統籌長不會輕易放過我，如果我——」

「聽著……沃特……這是基本科學研究，約翰森演講總是強調基本科學研究，不是嗎？基本研究是科學的支柱，但我們在這裡所做的每件事，好像都是在開發更便宜的殺蟲劑生產方法，讓毒氣彈變得更完美。」

卡努蒂揚起眉毛，胖乎乎的身體仍然陷在緩衝泡棉中。「我們不要養成那樣談論我們的軍事計畫的習慣，阿森，我們的應用戰術研究是——」

「好，好，好。」他克制著自己的聲音，試圖讓它聽起來正常。「我想，殺人是基本，也是國家生活的一部分，但這個底片……」

卡努蒂聽了這番諷刺話臉紅了。他說：「聽著，阿森，你想做的是浪費時間去挖出一個商業加工方法，而且還是一個已經成果很好的方法，為什麼要為這種事大動肝火呢？這個底片是有點不尋常，那不是反而更好？」

他說：「我的天，這種底片不只是不尋常，你很明白，你是個化學家——比我還傑出的化學家，你難道看不出這東西所隱含的技術嗎？我的天，鉬鹽和氣態顯影劑！」他突然想起手中還握著那捲底片，於是將它像一條蛇或是一件聖物舉高。「好像……好像我們是山頂洞人，從腋窩抓跳蚤，我們之中有個人發現了……一捲玩具紙炮……」然後，在一瞬間，他好像胸口挨了一拳，想到了一個念頭，停頓了一下，他心想，我的老天——那捲紙炮！「……然後扔進火裡。想想傳統，技術上的傳統，在一張紙條上整齊排列小火藥包，這樣我們就能聽到細碎的剝剝聲！如果你送給一個古羅馬人一隻手錶，他知道什麼是日晷……」他沒有說完這個比較，因為他這時想起了那捲紙炮，它們爆炸的聲音那麼響亮，卻一點火藥味也沒有。

卡努蒂冷冷地笑了。「嗯，阿森，你的口才很好，但我不會為某個熱門研究團隊想出的東西這麼激動。」他裝出幽默的語氣，開個玩笑，想要消除分歧。「我懷疑未來的人來拜訪我們了，至少不是為了賣底片給我們。」

布萊斯緊握著底片盒站了起來，輕聲地說：「熱門研究團隊，什麼鬼！

這底片沒有使用攝影業一百多年來發展出的任何化學技術，我認為，這個方法可能來自外星球，不然就是肯塔基州某個地方躲著一個天才，下星期就會要賣永動機給我們。」他冷不防轉過身去，厭惡得不想再說，開始向門口走去。

就像一個母親在一氣之下離開的孩子後面呼喊一樣，卡努蒂說：「我不會多談什麼外星球，阿森，我當然明白你的意思……」

「你當然明白。」布萊斯說完就離開了。

他直接乘坐下午的單軌列車回家，開始尋找——更確切地說，是用耳朵尋找——玩紙炮槍的小男孩。

6

離開機場五分鐘後，他意識到自己犯了一個嚴重的錯誤，不管有多大的必要，他都不應該在夏天來到這麼南邊的地方。他本可以派法恩斯沃斯過來，派某個人來買地，來做好安排。溫度超過華氏九十度，而他無法出汗的身體是為四十度設計的，在接機的豪華轎車後座上，他難受得快要失去意識，轎車載著他駛向路易斯維爾市中心，讓他仍然對重力敏感的身體用力往硬墊上擠壓。

但是，來地球已經兩年多了，加上他在離開安西亞前調理了十年的身體，他能忍受痛苦，儘管惶惑，也能憑藉意志力堅忍保持著知覺。他順利從豪華轎車進入了飯店大廳，又從大廳搭上了電梯——幸好是一部運行平穩、速度緩慢的電梯——最後進入三樓的房間。服務生一離開，他就倒在床上。過了一會兒，他勉強走到空調前，將溫度調到很冷，然後又倒回到床上。這是一台品質良好的空調，依照他租給製造廠商的一項專利所生產。不一會兒，房間變得對他來說夠舒適了，不過他還是把空調開著，感謝自己對製冷科學的貢獻讓這些醜陋的小盒子沒有噪音，這一點對他來說是如此的必要。

已經中午，他過了一會兒才打電話叫客房服務，要人送一瓶夏布利酒和一些乳酪上樓來。他最近才開始喝葡萄酒，他高興地發現一點，葡萄酒對他的影響顯然與對地球人的影響相同。酒好喝，不過乳酪有些難以咀嚼。他開了電視，電視機也用了W. E.公司的專利。他坐到扶手椅上，在這個炎熱的下午，如果不能做別的事，倒不如好好享受一下。

他已經一年多完全沒看過電視了，在肯塔基州路易斯維爾，在這個豪華而庸俗的現代飯店套房裡——非常像電視裡私家偵探的公寓，休閒椅、從不使用的書架、抽象畫，還有塑膠檯面的私人酒吧——又再一次看電視，感覺似乎非常奇怪。他看著小小的男男女女在螢幕移動，在故鄉安西亞，他也是這麼看了許多年的電視。此時此刻，飲著冰鎮的葡萄酒，咀嚼著乳酪（奇怪的異國食物），他想起了那一段日子。愛情故事的背景音樂迴盪在涼爽的房間，從小喇叭傳出的朦朧聲音，在他另一個世界的敏感聽覺中，彷彿是外星人咕嚕咕嚕的胡言亂語，從根本上說，的確是胡言亂語，與他自己柔和的語言多麼不同，雖然這一語言在很久以前是從另一種語言發展而來。幾個月來，他第一次允許自己想起安西亞老友的柔聲交談，想起他在故鄉吃了一輩子的清淡脆嫩食物，想起他的妻兒。也許是因為房間很涼爽，讓他在苦不堪言的夏日旅行後冷靜下來，也許是因為對他的血管來說仍然是新奇的酒精，使他陷入一種近似於人類思鄉的心境——善感、自憐而苦澀。他忽然很想聽一聽他的語言被說出來的聲音，看一看安西亞的淺色土壤，聞一聞刺鼻的沙漠氣味，聆聽安西亞低沉的音樂，看看安西亞建築如紗一般的薄牆，還有城市的塵埃。懷著模糊的安西亞人的身體性欲——一種安靜持續的疼——他想要他的妻子。他忽然又看看房間，看看低調的灰牆和粗俗的家具，心裡感到一陣厭惡，他厭倦了這個廉價而陌生的地方，這個喧鬧嘶啞無根的肉慾文化，這一群聰明、貪婪又自私的人猿——粗鄙，冷漠，而他們脆弱的文明如同倫敦大橋和所有的橋，就要塌下來了，就要塌下來了。

他開始感覺到過去偶有的一種感覺，一種沉重的倦怠感。他厭倦了世界，這個繁忙熙攘且破壞力強的世界，和它所有嘰嘰喳喳的噪音，都讓他深深感到疲倦。他覺得自己好像可以放棄這整件事，二十多年前就開始做的事，實在太愚蠢了，簡直是愚蠢得不可思議。他又疲憊地環顧四下，他在這裡做什麼呢——在另一個世界上，在離太陽第三近的星球，在離他的家一億英里的地方？他起身關了電視，又沉沉坐回椅子上，仍舊喝著酒，現在他感覺到了酒精的影響，但不以為意。

他看了十五年美國、英國和俄國的電視，他的同事收集大量的監控畫面，錄下電視節目作成資料庫，在四十年前，美國開始連續播送電視時，他們已經從調頻廣播中破譯了大部分語言的奧秘之處。他每天學習，學習語言、風俗、歷史、地理，學習所有能學的東西，直到經由詳盡的交叉對照，記住了諸如「黃色」、「滑鐵盧」、「民主共和國」等晦澀難懂的詞語的含義——最後一個詞語在安西亞找不到對應詞。而且，當他工作、學習和無休止鍛鍊身體時，當他在期待中痛苦彷徨了好幾年時，他們也還在商議討論，判斷是否應該嘗試這趟旅程。除了沙漠中的太陽能電池外，那裡幾乎沒有什麼能源。即便只是送一個安西亞人橫渡空曠浩渺的空間，也需要大量的燃料，這也許是讓他去送死，也許是來到一個早已死亡的世界，這個世界那時可能如同安西亞本身的許多地方一樣，原子瓦礫遍地，只剩猿類憤怒的餘燼。但他們最後告訴他，他還是要搭乘一艘仍留在地下的古老太空船啟程。出發前一年，他獲悉計畫終於確定了，等行星到了合適的位置，太空船就會送他過去。當他告訴妻子這個決定的時候，他雙手顫抖，無法自已……

✦

他在飯店房間裡等著，在椅子一動不動，直到五點才起身，打電話去房地產公司，告訴他們，他五點半到。他離開房間，把喝了半瓶的酒留在吧檯上。他原本希望到了這個時間會涼快很多，沒想到還是很熱。

他之所以選擇了這間飯店，因為離他要去的辦公室只要過三個馬路就到了，他將在辦公室開始他規劃妥當的龐大房地產交易。他能走完這段路，只是悶熱沉重的空氣令人苦不堪言，像軟墊一樣覆蓋著街道，他頭暈迷茫，有氣無力。有那麼一會兒，他想他應該回去飯店，讓房地產商來找他，不過他還是繼續往前走。

找到那棟樓時，他發現了一件叫他害怕的事：他要去的辦公室居然位於十九樓。他沒想到肯塔基州會有高樓大廈，絲毫沒有預料到這一點。走上樓是不可能的，而他完全不知道電梯的情況，如果他搭的電梯上升速度過快，或者顛簸搖晃，對他已經受到重力限制的身體可能造成嚴重傷害。不過電梯看起來很新，非常精美，而且至少這棟樓有空調。他走進一部電梯，裡面空無一人，只有操作員，一個看起來很安靜的老人，制服飄著菸草味。然後，又有一個乘客走進來，一個豐腴的漂亮女人，在最後一刻氣喘吁吁地跑了過來。操作員關上了銅門。牛頓說：「十九樓，謝謝。」女人嘟囔著說：「十二樓。」老人無精打采，有點輕蔑地把手放在手動操控手柄上，牛頓立刻驚愕地意識到，這不是一部現代按鍵式電梯，而是翻新過的老舊電梯。但這個發現來得太晚了，他還沒能出聲制止，就感覺到胃部劇烈收縮，肌肉因為收緊而疼痛，電梯則是晃了一晃後停下來，然後又晃了一下，接著便快速往上升。他已經變成三倍重的體重，瞬間又增加了一倍。一切彷彿一眨眼就發生了。他看到女人盯著他，知道他一定流了鼻血，血滴到了襯衫前襟。他低頭一看，果然沒錯。在同一時刻，他聽到——或者在顫抖的身體裡感覺到——一個脆裂的聲音。他雙腿一軟，人摔在電梯的地板上，呈現怪異的扭曲姿態。他看到自己的一條腿折成一個可怕的V字形，接著失去了意識，大腦陷入一片深邃的黑色中，與將他和他的家隔開的虛空一樣深邃……

他這一輩子昏迷過兩次，一次是在家鄉做離心機訓練的時候，一次是搭乘太空船盲目加速起飛的時候。那兩次他都很快恢復意識，在困惑和痛苦中醒過來。這一次醒來也一樣，受到摧殘的身體持續發出劇痛，他感覺到不知身在何處的恐懼和迷惘。他仰躺在什麼光滑柔軟的東西上，亮光照著他的眼睛。他瞇起眼睛，皺著眉頭轉過頭去。原來他躺在某種沙發上。在房間的另一邊有個女人拿著電話站在桌子前，她正盯著他，他仔細一看，想起了她是誰——電梯裡的女人。

見到他醒了，她猶豫了，無力地握著話筒，似乎不知道該不該打電話。她茫然地對他笑了笑，「先生，你沒事吧？」

他的聲音虛弱而輕柔，聽起來像是別人的聲音。「應該沒事，我不知道……」他的雙腿往前伸展，但他不敢嘗試移動，襯衫上的血還黏糊糊的，但已經涼了。他不可能昏迷了很久。「我想我的腿受傷了……」

她嚴肅地看著他，搖了搖頭。「一定是受傷了，有一條歪七扭八，好像用過的捆線。」

他一直望著她，不知道該說什麼，竭力思索如何是好，他不能去醫院，進醫院會檢查身體，X光……

「我想幫你叫醫生，已經找了五分鐘了。」她聲音嘶啞，看起來很害怕。「我打了三通電話，都找不到人。」

他看著她眨了眨眼，試著釐清思緒。他說：「不要，不要！不要叫……」

「不要叫醫生？但是你得看醫生，先生，你傷得很重。」她露出又疑惑又擔心的表情，但又太害怕了，所以沒有起疑心。

「不要叫。」他還有話要說，但突然一陣噁心攪得他頭暈眼花，幾乎不知道自己在做什麼，回過神才發現自己往沙發邊上嘔吐，每一次反胃，腿都痛得要命。他筋疲力盡再次平躺下來，只是燈光太亮，即使隔著緊閉的眼瞼——他那薄而半透明的眼瞼——也讓他覺得刺痛。他發出呻吟，舉起手臂遮住眼睛。

不知怎的，他的不適似乎反而讓那女人平靜了下來，也許是因為這樣的行為具有明顯的人性。她的語調變得緩和了，她說：「我能幫你嗎？有什麼我可以幫忙的地方？」她猶豫了一下。「我可以拿杯酒給你……」

「不用，我不想……」他要怎麼做才好呢？

她的聲音突然變得輕快起來，彷彿原本幾近歇斯底里，現在恢復了常態。她說：「你真是一團糟。」

「我想也是。」他把臉轉向沙發靠背，試圖避開燈光。「妳能……妳能讓我一個人靜一靜嗎？我會好一點……如果我能休息的話。」

她輕輕地笑了。「我不知道怎麼讓你一個人靜靜，這是一間辦公室，明天早上會擠滿了人，電梯服務生給我鑰匙進來。」

「哦。」他得設法止痛，否則他不久就會失去意識。他說：「聽我說，我口袋裡有飯店的鑰匙，布朗飯店，離這裡三個路口，沿著這條街走就可以——」

「我知道布朗飯店在哪裡。」

「哦，那就好，妳能不能拿鑰匙，去房間的臥室衣櫃找一個黑色公事包嗎？拿來給我？我有……藥在裡面，拜託。」

她不說話。

「我可以付錢給妳……」

「我擔心的不是這個。」他轉過身來，睜開眼睛看著她一會兒。她那張大臉露出嚴肅的表情，兩道眉毛打了結，像是在模仿深思的模樣，然後又放鬆下來，微微一笑，但沒有看著他。「我不知道他們會不會讓我進布朗飯店——讓我走進裡面一個房間，好像我住在那間房間。」

「為什麼不會？」他一開口就感到胸口疼，他覺得過不了多久又要昏過去了。「為什麼妳不能進去？」

「你不太懂衣服，對吧，先生？你看起來像是從來不用擔心，我只穿了一件土裡土氣的衣服，還是件破衣服，而且他們可能不喜歡我的口氣。」

「哦！」他說。

「杜松子酒，但也許我可以……」她看上去若有所思。「不行，不可以這麼做。」

他的身體好像漂浮在水上，他覺得自己又快要癱軟了。他眨了眨眼睛，強迫自己撐住，努力不去理會身體的虛軟和疼痛。「從我皮夾拿幾張二十美元鈔票，把錢塞給行李員，妳能做到的。」房間在周圍旋轉，燈光愈來愈弱，似乎在他的視線中緩緩移動。「拜託。」

他感覺到她往他的口袋摸索，也感覺到她溫熱的氣息吹到他的臉上，過了一會兒，他聽到了她倒抽一口氣。她說：「老天爺！你這麼有錢……！哎呀，我可以拿了就跑。」

他說：「別這樣，拜託，幫幫我，我錢很多，我可以……」

她疲倦地說：「我不會跑的。」接著用更明快的語氣說：「先生，你一定要撐住，我會帶著你的藥回來，要是得買下飯店，我就買下吧，你放輕鬆就好。」

快暈過去時，他聽見她走出去關上了門……

似乎才過了片刻，她就上氣不接下氣回到了房間，把公事包放在桌上打開。

吃下止痛膠囊和有助於治療腿傷的藥丸後，電梯操作員帶著一個自稱是大樓管理員的人進來，牛頓不得不向他們保證，他不會告誰，真的，他感覺很好，不會有事。他不需要救護車，好，他簽署一份棄權書，免除大樓的責任。他們能不能送他上計程車？在這番激烈的討論過程中，他好幾次差點快昏過去。討論結束後，他果然又暈厥了。

他在一輛計程車上醒來，那個女人也在車上。她輕輕搖著他問：「你想去哪裡？你家在哪裡？」

他盯著她。「我……我真的不知道。」

7

正在閱讀的他抬起頭來，有一些吃驚。他不知道她在房間裡。她常常如此，彷彿忽然出現在眼前，她沙啞又認真的聲音有時也會惹惱他。不過她是個好人，而且完全沒有猜疑，在這四個星期，他變得非常喜歡她，好像她是某種有用的寵物。他把腿挪到一個較為舒服的位置才回答：「你今天下午要去教堂，不是嗎？」他轉頭看著她，她一定才剛進來，她帶著一個紅色塑膠購物袋，像抱孩子一樣抱在大胸脯前。

她有點傻氣地對著他笑了笑，他意識到她可能已經喝得有些醉了，雖然現在不過是下午兩三點。「我就是在說這件事，牛頓先生，我想你可能想去教堂走走。」她把袋子放在空調旁的桌子上，他到她家的第一個星期就買了空調給她。她說：「我給你買了酒。」

他轉過身去看自己架在一個脆弱小板條箱上的腿，箱上壓著老舊的漫畫，那是她僅有的讀物。他心裡不大高興，她買了酒，代表她那晚鐵定打算喝個酩酊大醉，她酒量很好，但他老是擔心她喝醉。雖然她經常出於一種好玩的心態打趣說他好輕好嬌弱，不過大概仍舊還不明白，萬一她絆到他，跌在他的身上，甚至只是用力拍他一下，會對他的身體造成多大的傷害。她是一個健壯豐腴的女人，起碼比他重上五十磅。「貝蒂．喬，你想得真周到，還帶了酒來，是冰的嗎？」

她說：「嗯哼，根本他媽的太冰了。」她從那一大袋裡拿出一瓶葡萄酒，他聽見酒瓶碰著其他還隱藏著的同類的聲音。她帶著不確定的眼神看著酒瓶。「這次不是在雷克曼商店買的，今天是領救濟金支票的日子，我從社福大樓出來就去買了，那裡有家小店，叫『戈爾迪一口乾』，做了很多救濟金的生意。」古老的紅漆書架最上層有一排平底酒杯，她拿了一只下來放在窗台，然後以一種她與酒打交道時獨有的懶散出神表情，從袋子拿出一瓶杜松子酒。她杵在那裡，一手葡萄酒，一手杜松子酒，似乎不知道該先放下哪個。「他們把所有的酒都放在一個普通的冰箱裡，冰得太冰了，我應該去雷克曼那邊買才對。」她最後放下葡萄酒，打開杜松子酒。

他說：「沒關係，應該很快就沒那麼冰了。」

「我就放在這邊，你想喝，就隨時叫我，聽到了嗎？」她給自己倒了半杯杜松子酒，然後走進小廚房。他聽見她叮叮噹噹地敲著糖缽，舀了糖加到酒裡，她喝酒總是加糖。過了一會兒，她邊走邊喝回來了。「該死，我就愛杜松子酒！」她用一種自滿的語氣說。

「我認為我不能去教堂。」

她看起來真的很失望。她走了過來，笨拙地坐在他對面那把舊印花棉布椅子上，一手把印花裙拉到膝上，另一手拿著杯子。「好可惜，那間教堂真的很好，而且很高級，你絕對不會覺得不該去那種地方。」他第一次注意到她戴著一枚鑽石戒指，可能是用他的錢買的，他不會捨不得，她對他的照顧絕對值得這枚戒指。儘管她的那些習慣和言談，她還是一個出色的護士，而且她對他的事一點也不好奇。

他不想再談教堂的事，所以不再說話，她則舒適地坐在椅子上，開始認真地喝著她的酒。她是那種不定期上教堂的教會信徒，多愁善感，電視節目主持人會形容她信仰虔誠——她說宗教信仰是她龐大的力量源泉，她的信仰活動主要是參加座談，星期天下午是討論個人魅力，星期三晚間的主題則是藉由祈禱而生意興隆的人。這種信仰基於一個信念：無論發生何事，一切都會好起來，它的道德觀是，每個人都必須自己決定什麼適合自己。就像許多其他人一樣，貝蒂・喬顯然選擇了杜松子酒和救濟金。

與這個女人生活了幾個星期後，他對美國社會某一方面認識了很多，那是電視節目完全沒有告訴他的。他知道，從第二次世界大戰結束到今日的四十年，總體繁榮持續不斷，如同某些巨大而頑強的雜草所開出的花朵。他也知道，這些財富是如何在幾乎無所不包的中產階級中分配與消費，他們一年接著一年將更多的時間投入生產力較低的工作中，以賺取更多的金錢。幾乎所有電視節目都涉及了衣著誇張極度安逸的中產階級，因此你很容易得到一個概念：所有美國人都很年輕，皮膚黝黑，眼神明亮，並且深具抱負。認識貝蒂・喬後，他才了解到，社會有一大群人完全與中產階級原型沾不上邊，一大批平庸的人，幾乎沒有野心，也沒有任何價值觀。他歷史書讀得不少，知道貝蒂・喬這樣的人，過去是從事勞動的窮人，但現在則是從事勞動的富人，靠著來自各種令人費解的機構的支票——聯邦福利、州福利、緊急救濟、國家貧困救濟——舒適地生活在政府興建的社區。貝蒂・喬在一棟大型磚造國宅租了一間三房公寓，這處國宅如今已經幾乎淪為了貧民窟。這個美國社會如此之富有，可以養活貝蒂・喬這個階層八百萬或一千萬名的成員，讓他們在城市享受一種擁有杜松子酒和二手家具的生活，既破落又奢侈。另一方面，這個國家的大部分人，在郊區游泳池畔曬出健康的臉頰，在服飾、育兒、調酒和娶妻方面緊跟潮流，在宗教、精神分析和「創造性休閒」方面，則是進行無休止的遊戲。法恩斯沃斯例外，他屬於另一個更稀少的階級，即真正的大富豪，牛頓遇到的所有人都屬於這個中產階級。這些人都很相似，外表也都一個樣，如果你撞見了他們鬆懈的時候——沒有伸手表示友好，或者臉上沒有擺出慣有的得意稚氣表情——他們看上去會顯得有點憔悴，有點迷惘。在牛頓的眼中，貝蒂・喬和她的杜松子酒，她的百無聊賴，她的貓，她的舊家具，在社會結構中反而是比較容易滿足基本需求的群體。

她和同棟大樓的某些「女性友人」開過一次派對。他待在臥室裡沒讓人看見，但聽得一清二楚，她們唱著《時代的岩石》和《先賢之信》一類的古老讚美詩，喝杜松子酒，多愁寡歡。他認為，在這種情緒放蕩中，她們找到一種比中產階級從羅馬烤肉盛宴、醉醺醺的午夜游泳和快速的性愛中得到更多的滿足。但就連貝蒂．喬也對那些幼稚的古老讚美詩不以為然，其他女人爛醉如泥回到自己的三房監獄後，她躺在他旁邊的床上，咯咯笑著，說她在肯塔基州長大，家人會帶她去浸信會，唱聖歌，參加宗教復興運動，多麼愚蠢，而她又是如何「長大了，不再相信那些，不過有時唱唱這些歌還挺可愛的」。牛頓聽了什麼也沒說，但終究不禁納悶，他用古老的安西亞電視錄影帶看過「過時的復興布道時刻」幾次，也看過「現代」教會時間「發揮創意地利用了上帝」，音樂只是一架電子管風琴演奏史特勞斯的華爾茲，還有幾個段落的《詩人和農民序曲》。他無法肯定這些人在發展他們那種奇怪表現時是完全理智的，安西亞根本沒有這種東西，沒有一套被稱為宗教的特殊前提和承諾；但這可能是安西亞人在遠古時代造訪這顆行星時所犯下的錯誤，但他並不是很明白。當然，安西亞人相信宇宙中可能存在著神，或者可以被稱為神的生靈，但這對他們來說並不重要，對大多數人類來說也不重要，但他認為人類對罪孽和救贖的古老信仰是有意義的，跟所有的安西亞人一樣，他非常熟悉罪惡感和贖罪的需求。然而，人類似乎正在建造一座結構鬆散、疑信參半的情感建築來取代宗教，他不知道該如何看待；他實在無法理解，貝蒂·喬何以如此在意她每週從她那間造作教堂獲得的所謂的力量，這種形式的力量似乎比她從酒中獲得的力量更不確定，也更麻煩。

過了一會兒，他向她討了一杯酒，她親切地拿來，把她專為他而買的一個小水晶酒杯遞給他，然後熟練地拿起瓶子倒酒。他三、兩口就喝完了。在這段療養期間，他學到了不少享受酒精之道。

「嗯。」她給他倒第二杯時，他說：「我想我下週就能從這裡搬走了。」

她猶豫了一會兒，把酒倒完，接著才說：「為什麼，湯米？」她有時喝醉時會叫他湯米。「不用急啊。」

8

天啊，他可真古怪，又高又瘦，眼睛大得像隻鳥，但他即使斷了一條腿，也還能像貓一樣四處走動。他老在吞藥，從不刮鬍子。他好像也不睡覺，有時她夜裡醒來，覺得喉嚨乾澀，腦袋發暈——如果不多加留神，喝了杜松子酒就有這個下場——起床發現他坐在客廳裡，把腿支起來看書，或者聽那胖子從紐約給他帶來的金色小唱機，或者只是坐在椅子上，雙手托著下巴，雙唇緊閉，凝視著牆壁，天才知道他的心在哪裡。這種時候，她會盡量走路不出聲，不要打擾到他，可是無論她多安靜，他總是能夠聽見，而且她看得出他嚇了一跳。不過他總是對她微笑，有時還說上一兩句話。有一次——那是第二個星期的事——他似乎很徬徨，很孤獨，坐在那裡盯著牆壁，好像想在那裡找到什麼可以說話的對象；他扭著一條腿，人看起來像從巢裡掉下來的半殘雛鳥。他如此可憐，她真想用雙臂摟住他的頭撫摩他，像母親一樣照顧他。不過她沒有這樣做，她已經知道他非常不喜歡被人觸碰，況且他輕得不像樣，她可能會傷到他。她永遠忘不了，她第一次抱他出電梯時，他是那麼地輕，襯衫上有血，腿扭得像一根折彎了的電線。

她梳好頭髮，開始塗口紅。她頭一次使用有些年輕女孩會用的銀色唇膏和眼影，塗抹完畢，她看著鏡中的自己，心裡有幾分的歡喜。以四十歲來說，她模樣還不錯，如果遮掉眼睛周圍因為酒精和糖分造成的小紫斑，她今晚就用了專為遮斑而買的化妝品遮起來了。

端詳臉龐一會兒後，她開始換衣服，穿上當天下午買的金色薄紗內褲和胸罩，然後是深紅色褲子，相襯的上衣，花稍的耳環，最後在頭髮撒了銀片。她現在看起來變了一個人，站在鏡子前，起初她覺得有些難為情，她到底在做什麼蠢事，穿成這樣？但是在她的腦海深處，在那個很少查看的模糊登記簿裡，在那個無情地給一瓶瓶酒編上號碼的地方，在那個對已故丈夫不愉快回憶存檔的地方，她非常清楚自己這麼做是為了什麼。不過她並沒有把理由撈起來檢查，在這方面她是專家。一分鐘後，她稍微習慣了自己這個性感主婦的新外表，一手從梳粧檯拿起那一大杯杜松子酒，另一手撫平緊身的深紅色褲子，推開門走進湯米坐著的房間。

他正在講電話，她從小螢幕看到了那個律師法恩斯沃斯的臉。他們通常一天通話三、四次，有一回法恩斯沃斯帶了一群神情認真的年輕人來，他們在她的客廳討論爭辯了一整天，無視於她的存在，好像她也是家具。只有湯米不是這樣，他彬彬有禮，和藹可親，她給這群男人端上咖啡，請他們喝杜松子酒，他還客客氣氣向她道謝。

在他與法恩斯沃斯交談時，她坐到沙發上，拿起一本舊漫畫，喝著酒，懶洋洋翻看幾頁比較性感的內容。不過看漫畫還是讓她覺得無聊，湯米仍在談論他們在本州南部地區進行的某種研究計畫，還有出售這個股分、那個股分的事。她放下漫畫，把酒喝完，拿起他放在茶几上的其中一本書。他請人送了幾百本書到家裡，房間堆滿了書，她拿到的書是某種詩集，她連忙放回去，換了一本，這一本名為《熱核引擎》，滿滿的設計圖和數字。

她又開始覺得自己穿著這一身衣服很傻。她站起來，毅然決然倒了兩杯杜松子酒，一杯放在電視機上，另一杯帶回沙發上。然而，儘管她覺得自己很傻，卻不由自主在沙發上擺出了一個誘人電影明星的姿勢，懶洋洋地伸出她那雙沉重的腿。她從杯子上方望著他，只見燈光打在他的白髮上，照著他嬌嫩棕色幾近透明的皮膚，他那隻優雅女人般的手隨意地輕放在桌上。在那一刻，她開始有意識地回想自己的目的，在柔和的燈光下，隨著酒精在胃裡翻騰，她開始感覺到一絲邪惡的興奮，因為那一刻她隱約想像著那個陌生嬌嫩的身軀靠著自己的身體。她看著他，讓自己的想像力玩弄這個想法，她知道那種特別的刺激來自於他的古怪——他不像男人且無性無欲的奇特本質。也許她就像那些喜歡跟怪胎瘸子做愛的女人，啊，他恰好是怪胎，也是瘸子——她現在不在乎了，也不覺得羞恥了，因為她穿著緊身褲，肚子裡還有杜松子酒。如果她能撩起他——如果他能被撩起欲望——她會為自己感到驕傲。如果不能，反正他也是好人一個，不會生氣。這時，她感到自己的一顆心飛快熱烈地朝他撲去。喝完酒後，她多年來第一次感到一種類似於愛情的情感，以及她一整天都在設法鼓起的欲望——今天早上，她穿著老舊的印花裙出門，買了內褲、耳環、化妝品和緊身褲，卻沒有向自己承認進入她腦海的那個模糊計畫的最終意義。

她又喝了一杯，告訴自己要慢慢來。但她一面等著，一面愈來愈緊張。他現在在談論一個叫布萊斯的人，法恩斯沃斯說這個布萊斯想見他，想來為他們工作，但想先見湯米，湯米說不可能，法恩斯沃斯說他們非常需要有布萊斯這樣受過訓練的人。她開始不耐煩了，誰管這個布萊斯啊？但隨後湯米突然結束談話，掛上電話，沉默了一分鐘後，看著她若有所思地笑了。「我的新家已經準備好了，就在這個州的南部，你願意和我一起去那裡嗎？當我的管家？」

哎呀，太出乎意料了。她對他眨了眨眼，「管家？」

「沒錯，房子在星期六就會準備好，但還有家具要打點，諸如此類的事情要處理，我需要人來幫助處理這一切，況且——」他露出笑容，拄著拐杖站起身，一瘸一拐朝她走來。「你知道我不喜歡見陌生人，你可以替我和別人說話。」他停在她的面前。

她抬頭對他眨了眨眼。「我給你倒了杯酒，在電視上。」他的提議讓人難以置信，第二個星期房地產公司的人來的時候，她就知道那棟房子的事——他要買一座巨大的老宅，還有九百英畝地，在東部的山裡。

他拿起杯子聞了聞，說道：「杜松子酒？」

她說：「我想你應該喝喝看，很好喝，甜甜的。」

他說：「不，我不喝，但我很樂意陪你喝點葡萄酒。」

「當然好，湯米。」她站起來，腳步有點踉蹌，進廚房拿他那瓶索甸葡萄酒和他專用的水晶酒杯。「你不需要我。」她從廚房裡喊道。

他的聲音很嚴肅，「什麼話，我需要你，貝蒂．喬。」

她走回來站在他身旁，將杯子遞給他。他是這麼好的一個人，她竟然想要勾引他，好像他是一個小娃娃，她幾乎要覺得羞愧了。醉眼朦朧之中，她不由得覺得好笑，他可能不知道這是怎麼回事，他可能是那種小時候會往銀盆裡撒尿的人，有女孩想碰他就跑掉，也許他是同性戀——整天坐在那裡看書的人看起來都像同性戀……不過他說話不像同性戀，她喜歡聽他說話。他現在看起來很累，不過他總是看起來很累。

他痛苦地在扶手椅上坐下來，把手杖放在旁邊的地板上。她坐在沙發上，然後側身躺下面對他。他看著她，但似乎又幾乎沒有看見她，他那眼神讓她起雞皮疙瘩。她說：「我穿新衣服。」

「妳穿新衣服。」

「對啊，我穿了新衣服。」她忸怩地笑了。「褲子六十五元，上衣五十元，我還買了金色的內衣和耳環。」她抬起一條腿，炫耀那條鮮紅色的褲子，然後隔著布抓了抓膝蓋。「你常常給我錢，我想穿得像個電影明星都不成問題，你知道的，還可以把臉整一整，減肥什麼的。」她若有所思地摸了一會兒耳環，一邊扯著，一邊用拇指指甲輕刮柔軟的黃金，享受耳垂上的微疼。「但我不知道，我懶散很久了，自從我和巴尼開始靠福利和醫療保險過日子，我就放任自己，啊，該死，一過上這種日子，你就喜歡上了。」

他有一陣子沒說什麼，他們靜靜坐著，她把酒喝完。

最後他說：「你願意和我一起去新家嗎？」

她伸了懶腰，打了呵欠，開始覺得累了。「你確定真的需要我嗎？」

他朝她眨了一會兒的眼，臉上的表情她以前從來沒有見過，好像他在懇求她。他說：「我真的需要妳，我認識的人很少……」

她說：「沒問題，我願意去。」她疲憊地打了個手勢。「不管怎麼說，如果我不去，那我就是個大傻瓜了，因為我想你會付我兩倍身價的薪水。」

「太好了。」他的臉色略微放鬆，人靠回椅背，拿起了一本書。

他還沒開始看書，她就又想起自己那個已經冷了的計畫，猶豫了一會兒，還是做了最後的嘗試。但是她非常想睡，心已經不在這上頭了。「湯米，你結婚了嗎？」她問道，這應該是一個意圖相當明顯的問題。

他就算明白她的意圖，也沒有表現出來。他說：「我結婚了。」禮貌地把書放在腿上，朝她的方向看過去。

她尷尬地說：「我只是想知道。」然後又問：「她長什麼樣？你的妻子？」

「哦，我想她長得像我吧，高高瘦瘦的。」

不知怎的，她的尷尬變成了惱怒。她把酒喝完，用幾乎是挑釁的口吻說：「我以前很瘦。」然後她厭倦了這一切，站起來走向自己的臥室門口。無論如何，整件事本來就很愚蠢，也許他是同性戀——已婚不能證明什麼。總之，他是個奇特的人，一個客氣又有錢的男人，但像綠色牛奶一樣古怪。她仍然生氣，道了聲「晚安」，就走進房間，開始脫下那一身昂貴的衣服，穿上睡衣後，坐在床沿想了一會兒。脫了緊身衣之後，她覺得舒服多了，她終於躺下時，腦子一片空白，毫不費力就進入了沉睡，愉快地做著不受打擾的夢。

9

他們飛越山峰，不過小飛機非常穩定，飛行員也非常專業，完全沒有顛簸，甚至幾乎沒有移動的感覺。他們飛過了肯塔基州的哈蘭，一個在山麓零星擴展的城市，接著飛過廣袤貧瘠的田野，進入一座山谷。布萊斯捧著一杯威士忌，見到遠處的湖泊微光熠熠，湖面平靜，猶如一枚嶄新的金幣。接著他們再次往下沉，湖泊看不見了，飛機降落在平坦谷底一片嶄新寬闊的混凝土地上，兩側是金草和翻鬆的紅土，彷彿一個有幾何頭腦的神，以灰色粉筆，在那裡畫了一幅古怪的幾何學圖。

布萊斯下了飛機，進入推土機的轟鳴聲中，在夏日高溫下，一群穿著卡其布衫的人面紅耳赤，聲嘶力竭地互相叫喊，他們正在建造無法辨認的建築。那裡有機械棚子，某種巨大的混凝土平台，一排營房。離開有空調的平穩飛機後——湯瑪士・傑羅姆・牛頓派去路易斯維爾接他的私人飛機——熱氣、噪音和所有無法解釋的亢奮活動，讓他一時間覺得暈頭轉向。

一個貌似香菸廣告上的粗獷年輕人走到他面前。他戴著遮陽帽，捲起袖子，露出大量黝黑的年輕肌肉，完全就像是那些被人淡忘的青少年小說中的英雄人物，在他隱約記得的有志青年時期，這類小說啟發他，布萊斯，立志成為一名工程師——一名化學工程師，一個科學工作者，一個行動家。想到自己的大肚腩，自己的白髮，以及嘴裡的威士忌味道，他沒有對那個年輕人微笑，只是頷首打招呼。

對方伸出一隻手，「你是布萊斯教授？」

他握住那隻手，本以為會是一個堅定的握手，幸好對方只是溫和的一握。他說：「不再是教授了，但沒錯，我就是布萊斯。」

「好，很好，我是霍普金斯，工頭。」這人的友好態度似乎像狗一樣，彷彿在請求批准。「你覺得這一切怎麼樣，布萊斯博士？」他指了指那一排排正在往上蓋的建築，在他們的正後方還有一座高塔，顯然是某種廣播天線。

布萊斯清了清嗓子，「我不知道。」他準備要問他們在這裡做什麼，但認為他的無知會讓人尷尬。為什麼那個胖小丑法恩斯沃斯沒有告訴他請他來做什麼？「牛頓先生在等我嗎？」他大聲說，沒有看向那個人。

「當然，當然。」年輕人突然表現出效率，急忙帶他到飛機另一邊，那裡有一輛小單軌列車，之前被遮住了，停在隱約閃著光的軌道上，軌道如同細長的銀色鉛筆線，蜿蜒進入山谷一側的小丘。霍普金斯拉開門，車內裝飾著光滑的皮革坐墊，黑色的內部令人滿意。「這五分鐘內就會送你到上面的屋子。」

「屋子？有多遠？」

「大約四英里，我先打電話過去，布林納德會出來迎接你，布林納德是牛頓先生的秘書，他可能會負責接見你。」

布萊斯上車前遲疑了一下，「我不會見到牛頓先生本人嗎？」這個想法令他難過，忙了兩年，還是見不到那個發明世界彩的人，那個經營德州第一大煉油廠的人，那個發明 3D 電視、可重覆使用的照相底片、ATF

染料轉印工藝的人——這個人要嘛是世界上最具創造力的天才，要嘛就是一個外星人。

年輕人皺起了眉頭。「恐怕不會，我來這裡六個月了，還沒見過他，只從你現在要坐的車子窗戶後面看過。他大約每星期來一次，我猜是來瞧瞧情況，但他從來不下車，裡面很暗，你看不見他的臉，只能看見他往外看的身影。」

布萊斯坐進車裡。「他從來不下車？」他朝那架飛機點了點頭，一群技師不知從哪裡冒出來，開始走向飛機。「那要飛……去別的地方時呢？」

霍普金斯咧嘴笑了笑，布萊斯覺得很蠢。「只會在晚上，晚上你看不到他，不過他個子很高，很瘦，這是飛行員告訴我的，我就知道這些了，飛行員話不多。」

「我明白了。」他碰了一下門上的按鈕，門無聲無息地滑了回去。門關上時，霍普金斯說：「祝你好運！」他立刻回答：「謝謝。」但不能肯定他的聲音是否被門給切斷了。

和飛機一樣，車內也有隔音設備，而且非常涼爽。也像飛機一樣，它以幾乎難以察覺的加速度開始移動，速度平穩增加，幾乎沒有移動的感覺。他轉動明顯用來調節窗戶的銀色小旋鈕，窗戶變得更加透明。他看著那些看上去很脆弱的鋁製工棚和成群的工人——在這個自動化工廠和六小時工時的時代，這是一種不同尋常的景象，他看了覺得很滿意。這些人在肯塔基州的陽光下汗流浹背，認真工作，似乎充滿了熱忱。他突然想到，他們來到這個荒蕪之地，遠離高爾夫球場、市營賭場和其他工人階層的慰藉，一定是因為薪資非常好。他看到一個年輕人——很多人看起來都很年輕——坐在巨大的推土機上，開心地笑著，享受著推送大量泥土的樂趣；有那麼一瞬間，布萊斯真是羨慕他的工作，羨慕他年輕無可置疑的自信，在炎炎烈日下還能輕鬆自如。

不久，他離開了工地，穿過一座座枝繁葉茂的小山丘，移動速度飛快，貼近他的樹林成了一片模糊的陽光和綠葉，光影交織。他往後靠著舒適無比的椅墊，試圖享受這段旅程，但他實在太興奮，放鬆不下來，事情一件件快速發生，陌生的新地方讓人興奮激動——如今，愛荷華州、大學生、大鬍子知識分子和卡努蒂那種人，已在遙遠的他方了。他朝窗外看去，望著愈來愈迅速掠過的景象，光、影、光、淺綠、黑影；當車子飛速駛過一片高地時，眼前突然豁然開朗，他見到粼粼波光的湖面，彷彿一片奇妙的藍灰色金屬在山谷延展開來，又像是一個寧靜的大圓盤。在湖後的山影之下，聳立著一幢宏偉古老的白色房子，有白柱門廊，有百葉窗緊閉的大窗，就靜靜坐落在山腳下寬闊的湖畔。接著，列車軌道陡然往下一沉，遠方的房子湖泊消失在另一座山的後方，他察覺車子開始減速了。一分鐘後，房子和湖泊又出現了，車子沿著水岸軌道滑行了一個大曲線，軌道微微傾斜，他看到一個人站在房子邊上等著他。當車子緩緩停了下來後，布萊斯深吸一口氣，碰了一下把手，看著那扇鑲著木板的門悄然滑開，然後下了車走到山影之中，聞到了松樹的氣味，聽見湖水拍打湖岸的聲音，那聲音輕柔，幾不可聞。那人個頭矮小，皮膚黝黑，有一雙明亮的小眼睛，還留著小鬍子。他迎上前來，露出拘謹的微笑。「布萊斯博士？」他有法國口音。

他突然振奮起來，用法語回答說：「布林納德先生？」並向那人伸出了手。「很高興認識你。」

對方握住他的手，眉毛微微上揚，用法語說：「博士，請進，牛頓先生正在等您，那麼……」

布萊斯屏住呼吸，「牛頓要見我？」

「是的，我來給您帶路。」

進了屋子，映入眼簾的是三隻貓，牠們一面在地板上玩耍，一面打量著他。似乎都是普通的流浪貓，但是吃得很好，對他的到來不屑一顧。他不喜歡貓，法國人不出聲帶著他穿過客廳，走上鋪著厚毯的樓梯。牆上掛著一些他不認識的畫家的奇怪作品，看起來要價不斐。弧形樓梯非常寬，他留意到樓梯裝著一個電動椅，可以沿著扶手上下移動，現在則是收了起來。難道牛頓是個瘸子？除了他們兩人和那幾隻貓，屋內似乎沒有別的人。他回頭看了一眼，貓仍然睜大眼睛瞪著他，又好奇又無禮。

樓梯的頂端是一個大廳，大廳的盡頭有一扇門，顯然是通往牛頓的房間。門開了，一個眼神相當憂鬱的肥碩女人穿著圍裙走出來，走到他們面前，朝他眨眨眼說：「你應該就是布萊斯教授吧。」她的聲音親切而沙啞，帶著濃濃的鄉下人口音。

他點了點頭，她帶他走到門口，他獨自走了進去。令他驚愕的是，他居然發現自己呼吸急促，兩腿不穩。

房間很大，空氣很冷，昏暗的光線從一扇只有些許透明的大凸窗裡射進來，窗子俯瞰著湖面。似乎到處都是家具，五顏六色，令人眼花繚亂——他的眼睛適應了昏暗的黃光後，才看清楚了笨重的沙發、茶几和書桌，有藍有灰，還有褪了色的橙色。後面牆上掛著兩幅正對著他的畫；一幅是巨鳥的蝕刻畫，畫的是一隻蒼鷺還是美洲鶴，另一幅是克利一類畫家畫的緊張抽象畫，也許就是克利的作品。這兩張畫並不相配。角落有一個巨大的鳥籠，裡面是一隻紫紅相間的鸚鵡，顯然正在睡覺。這時，一個高高瘦瘦的男人拄著手杖緩緩朝他走來，五官模糊不清。「布萊斯教授？」那聲音很清晰，略著口音，相當悅耳。

「我是，你是……牛頓先生？」

「沒錯，我們不如坐下來聊聊吧？」

他坐了下來，他們聊了幾分鐘。牛頓和藹可親，平易近人，舉止有點矯枉過正，但既不威嚴，也不勢利。他有一種天生的尊貴氣質，他談論布萊斯提到的那幅畫——確實是一幅克利——話中充滿了興趣和智慧。說到這幅畫，他還起身站了一會兒，指出一個細節，布萊斯第一次看清了他的臉。是一張精緻的臉，五官漂亮，幾乎是女人的臉，帶有一種奇異的氣質。他立刻產生了一個強烈的念頭，一個他隨意想了一年多的荒唐念頭。在昏暗的燈光下，看著這個陌生的高個男人用纖細的手指指著一幅畫風詭異線條緊張的油畫，那念頭似乎一點也不荒唐。然而，那的確是荒唐的；當牛頓轉身對他笑著說：「我想我們應該喝一杯，布萊斯教授。」那個錯覺完全消失了，布萊斯的理智戰勝了，這個世界上還有比他長相更奇怪的人，以前也有過傑出的發明家。

他說：「我願意喝一杯。」然後又說：「我知道你是大忙人。」

「一點也不忙。」牛頓輕鬆地笑了笑，朝門口走過去。「至少今天不忙，你想喝什麼？」

「蘇格蘭威士忌。」他本來想補一句「如果你有的話」，但覺得不恰當，便沒說了。他想牛頓一定有。「蘇格蘭威士忌加水。」

牛頓沒有按按鈕或敲鑼——在這棟屋子裡，敲鑼也不會顯得不合時宜——他只是打開門喊道：「貝蒂．喬。」她回應時，他說：「給布萊斯教授來一杯蘇格蘭威士忌，加水和冰塊，我要苦味杜松子酒。」他關上門回到椅子上說：「我最近才開始喜歡喝杜松子酒。」一想到苦味杜松子酒，布萊斯心裡打了個哆嗦。

「布萊斯教授，你覺得我們這個地方怎麼樣？我想你下飛機的時候看到所有的……活動了吧？」

他向後靠在椅子上，現在覺得舒服多了。牛頓似乎很有風度，真誠地想聽一聽他的看法。「看到了，看起來很有趣，不過老實說，我不知道你在建造什麼。」

牛頓盯著他看了一會兒，然後露出笑容。「奧利弗沒告訴你嗎，在紐約的時候？」

布萊斯搖搖頭。

「奧利弗那張嘴有時真的很緊，我絕對沒有要他守口如瓶到這種地步。」他面帶微笑——這是他第一次臉上有笑意，布萊斯被這個表情弄得有點坐立不安，但他並不清楚到底是什麼讓他不安。「也許這就是你要求見我的原因吧？」

他顯然只是隨口說說。布萊斯說：「也許吧，但還有其他原因。」

「好。」牛頓正要說什麼，但門打開了，貝蒂・喬走進來，用托盤端了酒瓶水罐進來，他就打住了。布萊斯仔細地打量她，這個中年婦人有幾分姿色，你會在日場電影或橋牌俱樂部裡看到的那種人，然而，她的神情並不茫然，也不愚蠢，眼眸周圍和豐滿的嘴唇有一種暖意，一絲善意的幽默或興味。但她當這位大富豪唯一露面的僕人多少有些不合適。她什麼也沒說，把酒放下就出去了，出去時經過他的身邊，他驚訝地發現，她走過時留下了明顯的酒味和香水味。

蘇格蘭威士忌是新開的，他給自己倒了一杯，覺得有點有趣又驚訝，這就是富豪科學家的行事之道嗎？一個人要酒，一個半醉的僕人送來一整瓶？也許這樣反而最好。他們兩人默默倒了酒，在喝完第一杯後，牛頓出乎意料地開口了：「是宇宙飛船。」

布萊斯眨了眨眼，不明白這人是什麼意思。「怎麼回事？」

「我們在這裡建造的東西是宇宙飛船。」

「啊？」這是一個驚喜，但不算太大，各式各樣探測太空的無人駕駛太空船已經算是常見了……就連古巴集團幾個月前也造了一架。

「所以你希望我研究結構要用的金屬？」

「不是。」牛頓慢慢地喝著酒，看著窗外，似乎在想別的事。「結構已經都設計好了，我希望你研究燃料載運系統——找出可以裝某些化學物質的材料，比如燃料和廢物之類的。」他回頭看著布萊斯，臉上又露出了笑容，布萊斯意識到這個笑容隱隱讓人不安，因為其中有一絲難以理解的疲憊。「我對材料的認識恐怕非常少——耐熱性、抗酸性和應力，奧利弗說，你是從事這類工作的最佳人選之一。」

「法恩斯沃斯可能太抬舉我了，不過我的確對這個領域相當了解。」

這似乎結束了這個話題，他們沉默了一會兒。從牛頓提到宇宙飛船的那一刻起，先前的懷疑當然又回來了，但明顯的反駁也隨之而來——如果牛頓出於某種瘋狂非理性原因來自其他星球，他和他的手下不會建造太空船，他們肯定早就有了。他心裡笑了笑，笑自己跟自己的對話只有廉價科幻小說的層次。如果牛頓是火星人或金星人，按理說應該引入熱射線炸毀紐約，或者計畫瓦解芝加哥，或者把年輕女孩帶到地下洞穴，當成另一個世界的祭品。貝蒂．喬？喝了威士忌，加上又累了，他開始想像起來，想像貝蒂．喬出現在一張電影海報上，牛頓戴著塑膠頭盔，拿著射線槍威脅她，那是一把笨重的銀色槍，有沉甸甸的反射器，會射出鋸齒狀的小亮光，想著想著，他險些放聲大笑。牛頓仍然心不在焉地看著窗外，他已經喝完了第一杯酒，又給自己倒了一杯。一個喝醉了的火星人？一個喝苦味杜松子酒的外星人？

牛頓先前說話很唐突——但並不魯莽——他回頭又唐突地說了一遍。「你為什麼要見我，布萊斯先生？」他的語氣不是質詢，只是好奇。

這個問題讓他措手不及，他猶豫了一下，又給自己倒了一杯酒來掩飾這個停頓。然後他說：「我很佩服你的工作成果，攝影底片——顏色，X光——還有你在電子裝備上的創新，我認為它們是最……是我多年來見過最有獨創性的想法。」

「謝謝你。」牛頓現在似乎多了興趣。「我以為很少有人知道我——和那些東西有關。」

牛頓那種疲憊而冷靜的說話口吻讓他有點羞愧，為自己的好奇心感到羞愧，這個好奇心讓他追查到W.E.公司，找到法恩斯沃斯，然後逼迫法恩斯沃斯安排這次晤面。他覺得自己像小孩子，想吸引縱容他的父親的關注，但卻失敗了，反而還惹得父親覺得不安和厭倦。有那麼一會兒，他覺得自己可能會臉紅，要是真的臉紅了，還要慶幸這個房間燈光昏暗。

「我……我向來欽佩一流的頭腦。」不知怎麼搞的，他陷入了尷尬之中，知道自己聽起來像個小學生，暗暗咒罵著自己。但當牛頓謙虛有禮地回答時，布萊斯震驚得忘了尷尬，他瞬間意識到那人很可能喝醉了。他聽到遙遠冷漠略顯模糊的說話聲，見到那人心不在焉，偌大的眼睛失焦，知道牛頓幾乎在不知不覺中喝得非常醉了——安靜平和地醉了——否則就是病得很重。他對這個瘦弱孤獨的男人突然湧起了一份喜愛——他自己也喝醉了嗎？牛頓也是一個早晨就靜靜地喝到爛醉的專家嗎？他在尋找——在這個瘋狂的世界裡，給神志清醒者尋找一個早上不喝醉的理由？或者，這只是天才惡名昭著的反常現象，一種狂野而孤獨的空想？還是電動智慧提供的振奮力量？

「奧利弗已經和你商量好薪水的事了？你滿意嗎？」

「都談妥了。」他意識到牛頓的問題結束了這次的晤面，於是站了起來。「我非常滿意薪水。」在他提出要走之前，他說：「在我離開之前，我能問你一個問題嗎，牛頓先生？」

牛頓似乎幾乎沒有聽到他的話，仍然望著窗外，虛弱的手指輕輕握著空玻璃杯，他的臉很光滑，沒有皺紋，卻顯得很蒼老。他說：「當然可以，布萊斯教授。」聲音很輕，幾乎像耳語。

他又感到尷尬不自在，那人溫柔得令人難以置信。他清了清嗓子，注意到在房間另一頭的鸚鵡醒了，像剛才那兩隻貓一樣莫名其妙用好奇的眼神盯著他。他感到頭暈，肯定自己臉紅了。他結結巴巴地說：「我想真的不重要，我……我改天再問你吧。」

牛頓看著他，好像沒有聽到他的話，但仍在等著聽。

他說：「當然好，改天吧。」

布萊斯告退了，離開房間，瞇著眼睛走到明亮的光下。當他再次下樓時，貓都不見了。

10

在接下來的幾個月，布萊斯前所未有地忙碌。從布林納德帶他離開大宅，送他到湖對岸的研究實驗室的那一刻起，他就抱著一種對他來說全然陌生的甘願和熱情，栽入了牛頓所期待的各項工作之中。要挑選及開發合金，要進行無盡的測試，要讓塑膠、金屬、樹脂和陶瓷達到難以想像的耐熱耐酸理想條件。這是他所受的訓練最適合的工作，他也很快就適應了。他帶著十四個工作人員，在一個龐大的鋁製實驗室中工作，預算幾乎無上限。他住在一棟四房的私人小屋，可以自行決定搭機前往路易斯維爾、芝加哥或紐約——只是他從未行使過這一權力。當然，工作也有讓他惱火和困惑的地方，將必要的設備和材料送進來這件事尤其棘手，助手之間偶爾也會發生一些口角，但這些麻煩從來都沒有大到在多方面阻礙工作的進行。他縱使不快樂，也忙得顧不上自己快不快樂。他投入全副的精神，這是他擔任教職從未有過的，他察覺到生活有許多東西都取決於工作，他知道自己已經完全放棄了教學工作，如同多年前摒棄公職一樣，他必須相信自己目前的工作。他老了，不能再失敗，不能再陷於絕望，否則永遠無法再站起來。一連串的事件，始於一捲紙炮，憑藉著一個科幻小說般的荒謬猜測，讓他僥倖獲得一份許多人夢寐以求的工作。他把心思放在工作上，常常不知不覺就忙到了深夜，早上也不再喝酒。他有工作要趕在期限前完成，某些設計必須在特定日期準備好投入生產，這些他並不擔心。他的進度比計畫大幅提前。偶爾，工作是應用研究，而不是真正的基本研究，他是有些擔心，但他現在有點太老了，理想也有些幻滅了，無法去擔心面子，也無法去計較誠信問題。也許唯一真正的道德問題是，他是否在研究一種新型武器，一種肢解人類或摧毀城市的新手段。這個問題的答案是否定的，他們正在建造一種運載工具，能在太陽系中運送儀器，這研究就算不值得去做，至少也是無害的。

他的工作包括一項例行公事，那就是對照布林納德交給他的牛頓規格規範，檢查自己的進展。他把這些文件視作「管道師傅的清單」，主要包括製冷、燃料控制和導引系統的數百個次要零件的規格說明，要做到符合規格，就得對導熱係數、電阻、化學穩定性、質量、點火溫度進行某些測量。布萊斯的工作是找到最合適的材料，找不到，那就找次好的。在很多情況下，找到適當的材料相當容易，因此他對牛頓在材料方面一無所知覺得好奇；但又有好幾次，沒有任何已知的物質能夠滿足牛頓所要的規格。遇上這種情況，他只好與專案工程師討論，制定出最精明的折衷方案，讓布林納德轉呈給牛頓來裁奪。專案工程師告訴他，他們經常碰到這種麻煩，計畫進行了六個月，牛頓是一個設計天才，總體樣本是他們所見過最尖端前衛的，呈現出上千種驚人的創新設計，但他們已經妥協了數百回，船本身的建造還要再一年才會開始。整個工程計畫將在六年內完成——也就是一九九〇年前——屆時能否完成，每個人似乎都抱持著懷疑。但這種猜測並沒有讓布萊斯非常不安，雖然他與牛頓唯一一次會晤令人迷惑，但他對這個怪人的科學能力深具信心。

來到肯塔基州三個月後的一個涼爽夜晚，布萊斯發現了一件事。當時快午夜了，他發現自己仍然獨留在實驗大樓一端的私人辦公室裡，疲憊地翻閱著一堆規格表，不願意回家，因為夜晚很舒服，他也享受著實驗室的寧靜。他閒著無事，看著牛頓為數不多的幾張圖中的一張——一張消除重返大氣層熱量的冷卻系統的示意圖——查看各部分之間的關係，這時，他開始隱約感到不安，因為測量和計算中出現一些無法指明的奇怪之處。他咬著筆頭幾分鐘，先是盯著整齊劃一的圖表，然後望著面湖的窗。這些數字沒有任何問題，但它們的某些地方讓他感到不安，他先前腦海中就隱隱約約注意到了這一點，但總是無法確切指出矛盾之處。屋外，皎潔的半月懸掛在黑色湖面上方，看不見的昆蟲在遠處唧唧切切，一切顯得非常奇異——像是月球上的風景。他回頭再看面前桌子上的文件，中間那組數字是熱值的級數，是牛頓對某管道系統提出的試驗性規格，這組不規則的序列有些暗示意味，它像對數級數，但又不是。如果不是，那會是什麼呢？為什麼牛頓要選擇這一組特定的數值，而不是其他的？這一定是隨機選擇的，反正精確的數值並不重要，這些只是暫定的規格，布萊斯會負責為材料找到最接近規格的實際數值。在一種溫柔的催眠狀態中，他盯著紙上的數字，直到這些數字彷彿在眼前融合為一，除了它們的圖案以外，對他失去所有的意義。他眨了眨眼，然後靠意志力將目光移開，再次凝視著窗外肯塔基州的夜色。月亮的位置變了，被湖那頭的群山遮住了。在黑沉沉的湖水對面，大房子的二樓亮著一盞微弱的燈，那裡大概是牛頓的書房吧，上空的星星好似無數模糊的針尖，又像發光的粉塵，布滿了黑色天空。忽然間，一隻牛蛙無緣無故開始在窗外呱呱叫起來，嚇了布萊斯一跳。牛蛙沒有得到回應，也沒有引來同類的齊鳴，而是濕漉漉地蹲在某處，持續叫了幾分鐘，沉重有力的叫聲既堅定又有活力。他可以想像，在清涼潮濕的草地上，牠那半爬行動物般的身體蜷縮在一起，蛙腿藏在下巴。這聲音似乎在湖面上振動了一會兒，節奏分明，然後嘎然停止，布萊斯的耳朵一時覺得無法滿足，還等待著最後的那一拍，只是那一拍始終沒有到來。但是昆蟲回來了，齊聲鳴叫。他疲倦地回頭看著面前的文件，目光不自覺地掃著那些熟悉的數字，卻突然靈光乍現，輕鬆看出了一直困擾他的東西。它們是對數級數，它們一定是，但不是我們熟悉的對數——不是以10或2或 π 為底數——而是某種前所未見的對數。倦意一掃而空，他從桌子上拿起對數計算尺，開始試探性地劃分……

一小時後，他站了起來，伸了伸胳膊，接著走出辦公室，穿過濕漉漉的草地，來到湖畔。月亮又現身了，他望著湖面上的月影看了一會兒，然後凝視著牛頓的窗戶，輕輕說出在他的心中醞釀了二十分鐘的問題：「什麼樣的人會以12為底數排列對數？」牛頓的窗內的燈光比月色黯然許多，那盞燈茫然地回望著他。在他的腳下，湖水以一種模糊茫然的節奏輕輕沖刷著湖岸，那節奏單調沉靜，像世界一樣古老。

1988

朗普斯金

1

入秋了，湖畔群山轉為了紅色、黃色、橘色和褐色。天更冷了，水也更藍了，處處映照出山上樹木的顏色。風一吹，漣漪蕩漾開來，紅黃兩色的湖面波光瀲灩，樹葉也紛紛落下。

有時，在實驗室的門口，布萊斯隔著水凝視著對面的群山，還有T. J.牛頓居住的房子，常常陷入了沉思。實驗室與那棟屋子相距一英里多，位於一棟月牙形的鋁板和膠合板建築，在月牙形建築的另一側，當陽光普照時，那玩意兒的光滑殼體——那個計畫，那個交通工具，不管它是什麼——閃閃發光。有時看到那彷彿銀色巨石的東西，布萊斯會感到一絲自豪，有時它只是顯得可笑，像是童書中的太空插圖，有時則是令他感到畏懼。他站在自己的門口，就能直接看到湖對面無人居住的遠岸，見到全景圖兩頭建築的奇特對比，這個對比他老早就觀察到，而且還經常繼續觀察。右手邊是維多利亞時代的古宅，凸窗，白色牆板，三個門廊有巨大而無用的柱子，那是一個多世紀前某個不知名早已去世的菸草、煤炭或木材大亨，以笨拙而乏味的傲慢所打造的房子；而在他的左手邊，是所有建築中最簡樸、最具未來主義色彩的建築，一艘太空船。一艘太空船停在肯塔基州的草地上，秋日群山環繞，船主是一個選擇住在大宅邸的人，他有一個醉醺醺的僕人，一個法國秘書，屋裡有鸚鵡、畫和貓。在船和房子之間有水有山。有布萊斯本人，還有天空。

一個十一月的早晨，一個實驗室年輕助手的認真態度，讓他回憶起昔日對於科學工作和從事科學工作的年輕人的傲慢態度的絕望，他便走到門口，望著那熟悉的景色瞧了幾分鐘。突然，他決定出去走走，他從來沒有想過繞著湖走一圈，沒道理不走走看。

空氣冷冽，他想著是否應該回實驗室拿外套，但天氣和煦，陽光暖和，他立刻打消了這個念頭。十一月的早晨，只要沿著水岸，避開涼蔭，他還是能夠保持舒適的狀態。他朝大房子的方向走去，離開了建築工地和那艘船。他穿著褪了色的羊毛格子襯衫，那是亡妻十年前給他的禮物，走了一英里路後，他不得不把袖子捲到肘部，因為身體已經熱得陣陣刺癢。他的小手臂又細又白，長滿了毛，在陽光下顯得蒼白得嚇人——這是一個老人的手臂。腳下是碎石，偶爾會走入灌木叢中，他也撞見幾隻松鼠，還有一隻兔子。有一次，一條魚從湖裡跳了出來。他經過幾棟建築、一家金屬加工廠；有些人向他揮手，還有一個人喊了他的名字，跟他說話，但他不認得這個人。他也微笑著揮了揮手。他慢慢走著，讓思緒漫無目的地遊蕩。他一度停下腳步，拾起幾塊扁平的石頭往湖面打水漂，最後成功讓一塊石頭跳了一下。其他的石頭打得不好，一碰到水就沉下去。他對著石頭搖了搖頭，覺得自己很傻。十幾隻鳥無聲飛過高空，他繼續往前走。

中午之前，他經過那幢坐落在離水邊幾百英尺遠的房子，房子似乎是關著的，杳無聲息。他盯著樓上的凸窗看了一會兒，但除了玻璃上的天空倒影外，什麼也看不見。每年到了這個時節，太陽幾乎會升到頭頂上方，當日正當中時，他已經沿著無人居住的湖岸行走。這裡的矮樹雜草更加濃密，長了灌木和秋麒麟草，還有幾根腐爛的原木。他瞬間想到了蛇，他不喜歡蛇，但又想應該不會有蛇。他見到一隻蜥蜴，在石頭上一動不動，眼睛好似玻璃。他開始覺得餓了，漫不經心想著該怎麼辦。他無聊地坐在水邊的一條原木上，鬆開襯衫紐釦，拿出手帕擦了擦後頸，眼睛盯著水面。他一時覺得自己很像亨利．梭羅，暗笑自己竟有這種感覺。大多數人都過著平靜的絕望生活。他回頭看向房子，房子有一部分被樹木遮住了。此外，他還看到一個人，離他還很遠，正朝他走來。他在烈日下眨了眨眼，盯了一會兒，逐漸看清楚了那個人，是T. J.牛頓。他將手肘靠在膝蓋上等待著。他開始感到緊張。

牛頓的手臂上掛著一個小籃子。他穿著短袖白襯衫，淺灰色休閒褲。他走得很慢，高大的身體挺直，動作卻很輕盈。他的走路方式有一種說不出的怪異，這種特質讓布萊斯想起他見過的第一個同性戀者，那時他還太年輕，不懂同性戀是什麼。牛頓不是那樣走路，但他的走路方式和其他人不一樣，既輕盈又沉重。

走到了布萊斯聽得見的地方，牛頓說：「我帶了些乳酪和酒。」他戴著墨鏡。

「很好。」布萊斯站起來。「我經過屋子時你看見了我？」

「沒錯。」原木相當長，呈半圓形，牛頓坐在木頭的另一端，把籃子置於腳邊。他拿出一瓶酒和一個開瓶器遞給布萊斯。「你能打開嗎？」

「我試試。」他接過瓶子，注意到牛頓的手臂和他自己的一樣細瘦蒼白，但完全沒有毛髮，他的手指非常纖細，他沒見過這麼小的指關節。牛頓把酒瓶遞給他時，手微微顫抖了一下。

是一瓶薄酒萊。布萊斯把濕濕冷冷的瓶子夾在膝蓋中間，開始轉動開瓶器，不像打水漂，這個動作他相當熟練，一次就把軟木塞拔了出來，砰的一聲，乾淨俐落，令人滿意。牛頓拿著兩個玻璃杯走過去——不是高腳杯，而是平底杯——拿著杯子讓他倒酒。「多倒一點。」牛頓笑著對他說。他把杯子倒到快滿了。牛頓的聲音很悅耳，淡淡的口音似乎相當自然。

這瓶酒好極了，流過了乾澀的喉嚨，清涼而香醇，立刻溫暖了他的胃，給他帶來了一絲酒精古老而美好的雙重快樂——身體上的和精神上的——

這種快樂幫助許多人堅持下去，幫助他堅持了許多年。乳酪是熟成的切達乾酪，滋味濃烈，一剝就碎。他們默默吃喝了好幾分鐘。布萊斯把袖子放下來，現在不再走路了，加上坐在陰涼處，他開始又覺得冷了。他不明白，牛頓穿著輕薄的衣服，為什麼看上去卻一點也不冷呢，他貌似那種要裹著披肩坐在火堆旁的人——如同喬治．阿利斯在老電影中所演的角色：瘦弱蒼白的冷血動物，但誰能說他是什麼樣的人呢？他也有點像是英國喜劇中的外國伯爵，或者是一個老邁的哈姆雷特，或者一個瘋狂的科學家，小心翼翼地計畫炸毀世界，或者一個低調的科爾特斯[4]，用當地的勞工悄悄建造他的城堡。科爾特斯這個想法讓他想起了他從未完全忘記的一個舊念頭：牛頓可能是外星人。在這一刻，幾乎任何事都有可能，而他，納森．布萊斯，和一個火星人一塊喝酒吃乳酪，也不是那麼荒謬的一件事。為什麼不能呢？科爾特斯靠著大約四百人就征服了墨西哥，一個火星人能獨立完成嗎？當

4 Hernán Cortés（1485-1547），西班牙殖民者，摧毀阿茲特克古文明，在墨西哥建立西班牙殖民地。

他坐在那裡，酒在肚裡，陽光照在臉上，這似乎不無可能。牛頓坐在他身邊細細咀嚼，慢慢啜飲，背挺得筆直，側面有一種伊卡布．克萊恩[5]的樣子。如果牛頓來自火星，他，布萊斯，怎麼能確定只有牛頓一人來自那裡呢？為什麼他之前沒有想到這一點？為什麼不是四百個火星人，或四千個？他再次看著他，牛頓與他目光相遇，嚴肅地笑了笑。來自火星？他可能是立陶宛人，或者麻州人。

他感到微醺——他有多久沒有在中午喝醉了？他好奇地望著牛頓說：「你是立陶宛人嗎？」

「不是。」牛頓正看著湖，沒有回頭回答布萊斯的問題，然後突然又說：「這整座湖都是我的，我買下了它。」

「很棒。」他喝完了那杯酒，那是這瓶酒的最後一杯。

「大量的水。」牛頓說完轉向他，「你想有多少？」

「多少水？」

「是的。」牛頓心不在焉地掰下一塊乳酪咬了一口。

「天啊，我不知道，五百萬加侖？一千萬？」他笑了幾聲。「我連一個燒杯中有多少硫酸都很難估算了。」他望著湖。「兩千萬加侖嗎？見鬼，我知道這要做什麼，我是一個專家，我的領域是另一個方面。」然後他想起了牛頓的名聲。「但你不是，你熟知每一門科學，也許不是科學的領域也都懂。」

「胡說八道，我只是一個……發明家，頂多是發明家。」他吃完了他的乳酪。「我想我比你更像一個專家。」

「在什麼方面？」

牛頓一時沒有回答，然後說：「那很難說了。」他又笑了，笑得很神秘。

「你喜歡純杜松子酒嗎？」

「不算喜歡，也許吧。」

5 Ichabod Crane，華盛頓・歐文（Washington Irving）短篇故事《睡谷傳說》（The Legend of Sleepy Hollow）男主角。

「我帶了一瓶來。」牛頓把手伸進腳邊的籃子，拿出一瓶酒。布萊斯啞然失笑——伊卡布・克萊恩的午餐籃裡有一大瓶的杜松子酒。牛頓給他慷慨地倒了一大杯，也給自己倒一杯，接著冷不防說：「我喝得太多了。」酒瓶還拿在手中。

「每個人都喝得太多了。」布萊斯嘗了嘗杜松子酒，他不喜歡，杜松子酒的味道對他來說一直很像香水，不過他還是喝了下去。一個人有多少次的機會能和大老闆一起喝醉呢？又有多少大老闆是伊卡布・克萊恩——哈姆雷特——科爾特斯，剛從火星駕船而來，即將在今年秋天乘坐太空船征服世界呢？布萊斯覺得後背很累，便滑倒在草地上，靠著木頭，雙腳指向湖水。三千萬加侖？他又喝了一杯杜松子酒，然後從口袋掏出一包壓扁了的香菸，遞了一根給牛頓。牛頓仍然坐在圓木上，從布萊斯所在的低處看，他顯得更高更遙遠了。

牛頓說：「我抽過一次菸，大約一年前，抽了很不舒服。」

「哦？」他又從包裝取出一根。「你希望我別抽嗎？」

「是的。」牛頓低頭看著他。「你認為會發生戰爭嗎？」

他不確定地拿著菸，最後把它扔進了湖裡，它漂浮在水面上。「現在不是有三場戰爭在打嗎？還是四場？」

「三場，我指的是使用大型武器的戰爭，有九個國家擁有氫彈，至少有十二個國家擁有生物武器，你認為他們會使用嗎？」

布萊斯喝了一大口杜松子酒。「可能吧，當然會，我不知道為什麼還沒有發生，我不知道為什麼我們還沒有醉到死，或者愛到死。」那艘船就在湖的對面，但因為有樹，所以看不見。布萊斯朝它的方向揮著酒杯說：

「它會被當成武器嗎？如果會，是誰需要它？」

「不是武器，不算是。」牛頓一定是醉了。「我不會告訴你它是什麼。」

接著又說：「多久之後？」

「什麼多久之後？」他也覺得神智恍惚了，很好，這是一個可以恍惚的愉快午後，好久沒這樣了。

「會發生大型戰爭？會毀了一切的那場戰爭。」

「為什麼不毀掉一切呢？」他乾了他的那杯酒，伸手到籃子裡去拿酒瓶。「也許一切都需要毀滅。」他拿起酒瓶時，抬頭看牛頓，但看不見他的臉，因為他背對著太陽。「你是從火星來的嗎？」

「不是，你覺得是十年嗎？有人教我至少要十年的時間。」

「誰會教那種東西？」他給自己倒了一杯酒。「我認為是五年。」

「還不夠長。」

「對什麼來說夠長？」杜松子酒現在喝起來還不賴，只是裝在杯子裡是溫的。

「還不夠長。」牛頓悲傷地低頭看著他。「但你可能錯了。」

「好吧，三年。你從金星來的嗎？木星？費城？」

「都不是。」牛頓聳了聳肩。「我的名字是朗普斯金。」

「朗普斯金什麼？」

牛頓手伸下來從他手中接過瓶子，給自己再倒了一杯。「你認為可能根本不會發生嗎？」

「也許吧，什麼能阻止它發生呢，朗普斯金？人的高級本能？精靈住在洞穴裡，你不來的時候，是住在山洞裡嗎？」

「巨魔才住在山洞裡，精靈到處生活，精靈能適應非常困難的環境，比如這個環境。」他朝著湖泊揮了揮顫抖的手，杜松子酒灑在了他的襯衫上。「我是精靈，布萊斯博士，我到哪裡都是一個人住，無處不是一個人。」他凝視著水。

一大群鴨子在離他們大約半英里遠的湖面棲息，可能是前往遙遠南方途中疲憊的候鳥，牠們像是浮在水面的小氣球，漂啊漂著，彷彿沒有運動能力。「如果你是從火星來的，你一定很孤單吧。」布萊斯一面看著鴨子，一面說。如果他來自火星，他就會像湖中孤獨的鴨子——疲倦的候鳥。

「未必。」

「什麼事未必？」

「未必要來自火星，我想你經常感到孤單，布萊斯博士，感覺與人疏遠，你是從火星來的嗎？」

「我想不是。」

「費城？」

布萊斯笑了。「俄亥俄州的次茅斯，那裡離這裡比火星更加遙遠。」沒有明顯的預警，湖上的鴨子就開始嘎嘎一陣亂叫，倏忽通通飛了起來，一開始亂糟糟，但後來又協調成一個類似於隊形的鬆散排列組合。布萊斯看著牠們消失在山的那一邊，愈飛愈高，愈飛愈高。他隱隱約約想起了鳥類的遷徙，想到了鳥類、昆蟲和毛茸茸小動物的遷徙，沿著古老的路徑，走向老家園和新死亡。然後，這群鴨子令他痛苦地想起一張照片，多年前他在雜誌封面上看過一張導彈中隊的照片，照片又讓他再度想到他正在協助身邊這個陌生男人所建造的東西，那艘光滑得猶如導彈般的船，那應該是用來探索或實驗或拍照或什麼的，但不知為什麼，此時此刻，在午後的陽光下，他感到非常輕鬆，非常沉醉，他不相信，根本不信。

牛頓站起來，腳步有些不穩，他說：「我們可以走回房子，如果你願意讓布林納德載你回家，就讓他送你吧。」

「好啊。」他站起來，拂去衣服上的樹葉，喝完他的杜松子酒。「我太醉了，而且太老了，走不回家。」

他們微微踉蹌走著，一路無語。快走到房子時，牛頓說：「我希望能有十年的時間。」

布萊斯說：「為什麼是十年？如果有那麼長時間，武器會更厲害，能把一切都炸了，所有的事物都炸了，也許連立陶宛人也能做到。或者費城人。」

牛頓奇怪地低頭看著他，布萊斯一時感到侷促不安。牛頓說：「如果我們有十年的時間，這可能根本不會發生，這也許不可能發生。」

「那什麼才能阻止它呢？人類的美德？基督復臨？」不知怎的，他無法直視牛頓的眼睛。

牛頓第一次笑出聲音，笑得又溫柔又愉快。「也許的確是基督復臨，也許是耶穌基督自己，十年內。」

布萊斯說：「如果祂來了，祂最好小心點。」

牛頓說：「我想祂會記得上次的遭遇。」

布林納德走出房子迎接他們，布萊斯鬆了一口氣，在陽光下他開始感到頭暈了。

他叫布林納德直接送他回家，沒有順路去實驗室看看。一路上，布林納德似乎問了許許多多的問題，布萊斯的回答都很含糊。到家時已經五點了，他走進廚房，裡面和往常一樣一片狼藉。牆上掛著從愛荷華州帶來的《伊卡洛斯的墜落》，水槽裡是他早餐用的餐具，他從嵌牆的冰箱取出一隻冷雞腿，塞到嘴裡咀嚼，搖搖晃晃朝著床鋪走去，他疲倦不已，一下子就睡著了，吃了一半的雞腿擱在身邊的床頭櫃上。他做了好多好多的夢，夢境混亂不清，在好幾個夢中，鳥兒飛過寒冷的藍天，成不了隊形……

早晨四點鐘他醒了過來，在黑暗中完全清醒，嘴裡有股臭味，腦袋很痛，脖子讓羊毛厚領弄得大汗淋漓。走太多路了，他的腳都腫了；他非常渴。他坐在床邊，盯著夜光錶盤看了幾分鐘，然後輕手輕腳打開床頭燈，在哢嚓一聲之前先閉上眼睛。接著他下了床，眨著眼睛，走過地板進了浴室，往洗臉盆注了冷水，水一面流，他一面用漱口杯裝了兩杯喝下。他關上水龍頭，開了燈，開始解開那件悶熱的格子衫的釦子。在鏡子中，他看到內衣 U 型領口底下有一塊白皙的胸部，於是把目光移開。他把雙手浸在水裡，讓冰冷刺激手腕的血液循環，然後雙手捧起水，潑在後頸和臉上。他拿了一條粗毛巾使勁擦乾身子，然後刷了刷牙，把那股難聞的味道從嘴裡趕走。他梳了一下頭髮，進臥室找了件乾淨的襯衫——這次是一件藍色襯衫，但沒有像大多數男人穿的前襟有小褶襇。

做這件事的時候，有一句老話在他腦海中回蕩：自己選擇，自己承擔後果。

他進廚房準備早餐，把一顆咖啡錠溶於熱水中，自己煎了一個蛋捲，澆上大量的罐頭蘑菇片。他熟練地用鏟子捲起蛋捲，趁中間還潮潤時起鍋，連同咖啡一塊放在塑膠桌上，坐下來慢慢吃著，讓被杜松子酒煩擾的胃盡可能輕柔包裹住這塊軟綿綿的東西。很好，沒吐出來；從昨天的早餐到現在，除了葡萄酒、乳酪和純杜松子酒，他什麼都沒吃。他不禁渾身發顫，他起碼可以吃幾片那些懶得吃正餐的人吃的 PA 錠。PA 是蛋白質藻類——不吃肝臟和洋蔥，反而去吃池塘浮渣，這種想法令人討厭。但由於人口和讓法西斯分子重返中國的亞洲沙塵暴——又一次把他們帶回了獨裁者、煽動家和享樂主義者的「自由世界」——肝臟、洋蔥、牛肉和馬鈴薯愈來愈難以取得，也許他應該吃吃這種營養錠。再過二十年，我們都將吃池塘浮渣、魚油和裝在實驗室錐形瓶的碳水化合物，他一面這麼想，一面吃完了蛋捲。

到了沒有地方養雞的時候，博物館會收藏雞蛋，也許史密森尼博物館會有一個以塑膠容器保存的煎蛋捲。他喝著部分人工合成的咖啡，想到了以前生物學家們的格言：雞是雞蛋的自我繁殖法。這句話讓他黯然想到，某個留著平頭、穿著褶邊長褲的年輕生物學家，可能會找到一種比雞蛋的自然生產方式更有效的方法生雞蛋，進而完全消除雞的存在。不過不會是一個炙手可熱的年輕人發明的，那個可能提出肚臍蛋的想法的人會是T. J.牛頓，外觀像肚臍橙，包著鮮豔的塑膠，由世界企業銷售。這種會自我繁殖的雞蛋，你把它種在池塘的水中，它就會像一串塑膠珠項鍊，每天冒出一顆新的雞蛋。但它之後不會開心地咯咯叫，也不會長成一隻華麗而驕傲的小公雞、一隻鬥雞，或是一隻供孩子追逐的笨母雞。也不會變成一頓炸雞大餐。

喝完咖啡，他抬起頭來，看到了《伊卡洛斯的墜落》。這時，他明白了這幅畫對他的意義。他放下杯子大聲說：「別玩智力遊戲了，布萊斯。你做了選擇，你就要自行承受後果，是火星還是麻州？」他仍然看著牆上那幅寧靜的畫，從天而降的男孩墜入海中，只剩手臂大腿露出來，他心裡想：是朋友還是敵人？他一直盯著那張畫。是破壞者還是拯救者？牛頓的話在他的腦海盤繞。「沒錯，可能是耶穌復臨。」但是伊卡洛斯失敗了，他的翅膀燒了，他溺死了，而代達洛斯[6]，他沒有飛得那麼高，卻從他的孤島逃了出來。然而，沒有拯救世界，也許根本是毀滅世界，因為他發明了飛行，毀滅，當它來臨時，將從空中落下。他心想，光明也是從空中落下的；我病了，我得死；主，請憐憫我們。他甩了甩頭，竭力不讓自己走神。現在的問題是火星還是

6 Daedalus，伊卡洛斯的父親，靠著羽毛和蠟製成翅膀逃離克里特島。他警告伊卡洛斯不要飛得離太陽太近，但伊卡洛斯過於自滿，最後翅膀上的蠟融化，便從天上掉下來。

麻州，其他一切都在其次。而他現在知道什麼呢？知道牛頓的口音，他的外貌，他的走路姿態。還有他的思想產物，包含著比托勒密天文學體系更加陌生的技術。那些奇妙的對數，還有布萊斯兩次見到他，他都是微醺狀態，這可能暗示一個外星人會感到的極端孤獨，或者是無法承受他所陷入的文化的挫折。但是醉酒是這麼人性表現，抵消了另一個論點，外星人不是不大可能像人類一樣受到酒精影響嗎？但牛頓應當是人類——或者像人類的什麼——他的血液有人類的化學成分，他會喝醉。但說他是麻州人還是比較合理的，或者立陶宛人。可為什麼不是一個醉了的火星人呢？基督自己也喝酒，基督從天上而來——法利賽人都說了，他是個酒徒啊。一個來自外太空的酒徒，他的思想為什麼總是偏離重點呢？大概有人給科爾特斯喝過龍舌蘭酒；他是另一個「耶穌復臨」：藍眼神，羽蛇神[7]，來拯救阿茲特克的平民老百姓。十年內？對數以12為基數，還有什麼？還有什麼？

2

有時他覺得自己一定像人類一樣瘋了，但從理論上講安西亞人不可能發瘋。他不知道自己怎麼了，也不知道發生了什麼。他們讓他做好應付千險萬難的任務的準備，他之所以被選中，是因為他的體力好，適應力強。他從一開始就清楚，他可能很多事未能成功，整個任務本身就是一個巨大的風險，一個求助無門的種族的奢侈計畫，他早為失敗做好了心理準備。但他對實際發生的事毫無準備。計畫本身進行得十分順利——賺了一大筆的錢，船開始建造了，幾乎沒有遇到困難，沒有人認出他的身分（儘管他相信許多人已經懷疑或者就要起疑心）——成功就在眼前。而他這個安西亞人，一個來自優越人種的優越人才，正在失控，墮落了，成了醉鬼，迷

7 Quetzalcoatl，在中部美洲文明中的神祇，通常化身為一條長滿羽毛的蛇。

惘而愚蠢，還是一個叛徒，甚至可能連自己也背叛了。

有時他為此責怪貝蒂．喬，為他面對這個世界的軟弱責怪她。他變得多麼有人性，居然這樣自我辯解！他責怪她，因為自己愈來愈像這裡的人，被模糊的內疚與更模糊的懷疑所困擾。她讓他學會了喝杜松子酒，她向他展示了人性中堅強、安逸、享樂主義和不假思索的那一面，那是他看電視學了十五年卻渾然不覺的。她向他展示了一種昏沉沉、醉醺醺的活力，那是安西亞人在他們可怕的永恆和智慧中可能永遠無法學到或夢想到的。他覺得自己就像一個人，四周是相當友善、愚昧而又頗為聰慧的動物，逐漸發現他們的觀念和關係比他根據訓練所猜想的還要複雜。從一個或多個高智商者用以衡量判斷的層面來看，這樣一個人可能發現，那些圍繞在四周，弄髒自己的巢穴，吃自身穢物的動物，比他更快樂更聰明。

或者只是因為被動物包圍了夠久的時間，人就會變得比他應該的更像動物了？但是這個比喻不公平，也不正確，他和人類有共同的祖先，比一般哺乳動物和毛皮動物家族的普通親屬關係更加親密。他和人類都是能言善辯相當理性的生物，有洞察力，能夠預測，擁有粗略被命名為愛、憐憫和崇敬的情感。而且，他發現，他也會醉酒。

安西亞人對酒精有一定的了解，雖然糖分脂肪在那個世界的生態中只占很小的比例。有一種甜漿果，有時被釀造成淡酒；當然，純酒精很容易合成，偶爾也有安西亞人喝到醉，但沒有人會經常喝酒，安西亞人之中沒有酒鬼這種人。他這輩子還沒聽過安西亞上有誰像他在地球上那樣喝酒——天天喝，不停地喝。

他醉酒的方式與人類不盡相同，至少他認為不一樣。他從不希望變得毫無知覺，或者極度快樂，或者像神一樣；他只想解脫，但他不確定解脫什麼。他不會宿醉，不管喝了多少酒。大部分時間他都是一個人，不喝酒對他可能是件很困難的事。

讓布林納德開車送布萊斯回家後，他走進他家從未使用過的客廳，靜靜站了一分鐘，享受客廳的涼爽和寧靜的昏暗。一隻貓懶洋洋地從沙發上站起來，伸了個懶腰，走到他身邊，開始在他腿上蹭來蹭去，發出呼嚕呼嚕的聲音。他憐愛地看著牠，他現在變得非常喜歡貓，牠們有一種讓他想起安西亞的特質，雖然那裡並沒有與牠們相似的動物，但牠們似乎也不屬於這個世界。

貝蒂．喬繫著圍裙從廚房走進來，靜靜地看了他一會兒，眼神溫和，然後說：「湯米？」

「什麼事？」

「湯米，法恩斯沃斯先生從紐約打電話來找你，已經打了兩通。」

他聳了聳肩。「他現在幾乎每天都打來，不是嗎？」

「沒錯，湯米，他的確每天都打。」她輕輕一笑。「總之，他說有很重要的事情，要你立刻回電。」

他很清楚法恩斯沃斯碰到了狀況，但他們必須拖延一陣子，他現在還不覺得有必要處理這些問題。他看了一眼錶，快五點了。他說：「叫布林納德八點撥通電話過去，要是奧利弗再打來，告訴他我很忙，我八點再跟他談。」

「好。」她遲疑了一下，然後說：「你想要我陪你坐坐嗎？也許聊一聊？」

他看到她臉上的表情，那種充滿希望的表情，他知道這代表著她依賴他的陪伴，如同他依賴她的陪伴一樣。他們成了多麼奇怪的同伴！然而，即使他知道她與自己同樣孤單，也與自己一樣感覺與人疏離，卻還是覺得即使現在也不能給予她靜靜坐在他身邊的權利。他盡量露出親切的笑容。「對不起，貝蒂．喬，我需要獨處一下。」這種練習過的笑容對他愈來愈困難了！

她說：「好，湯米。」她轉過身，轉得太快了。「我也得回廚房去了。」走到門口，她轉頭對他說：「想吃晚餐就告訴我，好嗎？我送上去。」

「好。」他走到樓梯口，決定坐他已經好幾個星期沒用過的小型樓梯升降椅。他開始感到疲憊不堪。他坐下來時，一隻貓跳到他的腿上，他不尋常地打了個寒顫，把牠甩開來。貓杳無聲息跌落到地，甩了甩身子，泰然自若地走開了，最後還以不屑的眼光回頭看他一眼。他看著這隻貓心想，要是你們是這個世界的聰明物種就好了。然後，他露出苦笑，也許你們就是。

一年多以前，他有一回向法恩斯沃斯提起，他對音樂起了興趣。這句話半真半假，因為人類音樂的旋律和音調系統始終令他感到有些不舒服，但他的確對音樂史產生了興趣，因為他對人類民間傳說和藝術幾乎所有方面都有歷史學家的興趣——這種興趣是因為鑽研電視節目多年而培養出來，到了地球後，在漫漫長夜的閱讀中繼續保持著。不經意提及此事後不久，法恩斯沃斯就送他一套十分精準的八音揚聲器系統——幾個配件還用到了W. E.公司的專利——和必要的放大器、聲源等。三個電子工程碩士到書房幫他安裝，他覺得受到打擾，可又不想傷法恩斯沃斯的心。他們把所有的控制裝置安裝在書櫃一端的黃銅面板上——比起扁平的黃銅，他寧願用沒那麼科學的東西，也許是畫著精緻圖案的瓷製面板。法恩斯沃斯還送了他一套自動播放音樂資料庫，裡頭有五百張唱片，全使用W. E.公司擁有專利的那種小鋼球錄製，公司靠這些鋼球起碼賺了兩千萬美元。按下一個按鈕，一顆豌豆大小的鋼球便落入匣盒，一個緩緩移動的迷你掃描儀追蹤它的分子結構，將結構模式轉化成管弦樂團、樂隊、吉他手或人聲的聲音。牛頓幾乎沒放過音樂來聽過。在法恩斯沃斯的堅持下，他嘗試聽了幾首交響樂和四重奏，但它們對他來說幾乎毫無意義。說也奇怪，音樂的意涵對他而言晦澀難懂，其他的幾種藝術，雖然被星期日電視（最無趣做作的電視節目）曲解和贊助，卻能深深感動他——尤其是雕塑和繪畫。也許他見到了人類所見到的，但聽不到人類所聽到的。

他回到自己的房間，心中思索著貓和人的問題，一個衝動下，決定放一些音樂來聽聽。他按下按鈕，選了一首海頓交響曲，法恩斯沃斯說過他該聽一聽這首曲子。不久樂聲響起，激進而嚴謹，對他來說，沒有任何邏輯或美感可言。他就像一個聆聽中國音樂的美國人。他從架上拿下酒瓶，倒了杯純杜松子酒，打算聚精會神聽聽這首曲子。他正準備坐到沙發上時，突然傳來了敲門聲，他嚇了一跳，杯子掉在地上，在腳邊砸碎了。他有生以來第一次喊道：「搞什麼鬼？」他變得多麼像人類啊？

貝蒂・喬的聲音從門後傳來，聽起來很害怕：「湯米，法恩斯沃斯先生又打來了，他非常堅持，他說我必須讓你……」

他仍然很生氣，但聲音溫和了一些。「告訴他不行，告訴他我在明天之前誰也不見，我也不和任何人說話。」

有一分鐘的沉默，他盯著腳邊的碎玻璃，把大塊的玻璃踢到沙發底下。然後貝蒂・喬說話了：「好，湯米，我會告訴他的。」她停頓了一下。「你快休息吧，湯米，聽到了嗎？」

他說：「好，我就要休息了。」

他聽到她的腳步聲從門口逐漸遠去。他走到書櫃前，沒有其他的玻璃杯，他想喊貝蒂・喬卻沒喊，反而拿起幾乎全滿的瓶子，擰開瓶蓋，直接喝了起來。他關掉海頓的音樂——誰會指望他理解這樣的音樂呢？——切換成一套民間音樂，古老的黑人歌曲，格勒人的音樂，那些歌的歌詞裡起碼有一些他能懂的東西。

一個低沉而疲憊的聲音從揚聲器中傳來：

每次我去露露小姐家，
老狗都會咬我一口，
每次我去莎莉小姐家，
鬥牛犬都會咬我一口……

他若有所思地笑了，這首歌的歌詞似乎觸動了他內心的某種東西。他拿著酒瓶，坐到沙發上，想起了納森．布萊斯，開始思考他們那天下午相處時的談話。

自他們第一次見面起，他就猜想布萊斯對他有所懷疑，這個化學家堅持要見上一面，這件事本身就是暗示。經過所費不貲的調查後，他確信布萊斯背後沒有誰，他代表的就是他自己——他沒有替聯邦調查局工作（導彈基地起碼有兩名建築工人是聯邦調查局的人），也沒有為其他的政府機構辦事。但話說回來，如果布萊斯不知何故懷疑他和他的目的——當然，法恩斯沃斯和大概還有幾個人也懷疑了——為什麼他，牛頓，特地和這個人相處一個下午，拉近彼此的距離呢？他為什麼持續丟出自己秘密的線索，談論戰爭和耶穌復臨，自封為朗普斯金——那個不知從何而來的邪惡小矮人，把稻草編織成金子，用他聞所未聞的知識拯救了公主的生命，而這個陌生人的最終目的是偷走公主的孩子？只有一個方法能夠打敗朗普斯金，那就是揭穿他的身分，說出他的名字。

有時我覺得自己像個沒有母親的孩子；
有時我覺得自己像個沒有母親的孩子；
榮耀，哈利路亞！

他突然想到，朗普斯金為什麼給公主一個不遵守條件的機會？他為什麼要給她三天的喘息時間，讓她發現自己的名字？只是因為過度自信——誰會去想到或猜著這樣一個名字呢？——還是他想被人發現，被人逮到，失去了欺騙與施展魔法的對象呢？至於他自己，湯瑪士．傑羅姆．牛頓，他的法術和騙術比任何童話故事中的魔法師或精靈都要厲害——童話他都讀過了——他現在想被人發現、被人逮到嗎？

這個人來到我的門前
他說他不喜歡我
他來了，他站在我的門前
他說他不喜歡我。

牛頓拿著酒瓶，心裡想著我為什麼希望被人發現呢？他盯著瓶上標籤，覺得頭暈目眩非常難受。冷不防，唱片結束了，一個停頓，另一顆珠子滾到了該滾去的地方。他灌了一大口酒。然後，揚聲器傳出了管弦樂的轟鳴，猛然攻擊著他的耳朵。

他疲倦地站起來，眨了眨眼睛。他覺得自己非常虛弱——自從許多年前的那一天，那一個十一月天，他獨自一人在荒地上難受得爬不起來之後，好像沒有這麼虛弱過了。他走到面板前關了音樂，然後走去電視遙控器前打開電視——也許正在播西部片……

遠處牆上那張蒼鷺的巨畫開始逐漸褪去，完全消失後，出現了一個帥氣男子的頭，眼裡有著政客、信仰治療師和福音傳教士培養出來的凝望，一種虛假的嚴肅眼神。他的眼睛瞪著，嘴唇無聲地動著。

牛頓調高音量，那顆頭有了聲音，說：「……美國是一個自由獨立的國家，我們必須像男人做好準備，在自由世界的支持下，面對世界的挑戰、希望和恐懼。我們必須記住，無論無知者怎麼說，美國都不是一個二流強國，我們必須記住，自由終將戰勝一切，我們必須……」

牛頓突然意識到說話者是美國總統，而他說的是毫無希望的誇誇其談。他轉了台，螢幕上出現一個臥室場景，穿著睡衣的男人和女人開了幾個老套的暗示性玩笑。他又再轉台，希望轉到一部西部片。他喜歡西部片。但螢幕上出現的是政府贊助的宣傳影片，主題是美國的美德和實力，畫面出現了新英格蘭白色教堂和田間工作農人的照片——每一組照片總是有一個喜笑顏開的黑人，還有楓樹。這類影片最近似乎愈來愈常見，而且如同許多流行雜誌，愈來愈帶有瘋狂的沙文主義色彩——比過去更執著於一個荒誕的謊言：美國是一個由敬神的小鎮、高效的城市、健康的農民、仁心的醫生、茫然的主婦、慈善的百萬富翁所組成的國家。

他大聲說：「天啊，天啊，你們這些害怕自憐的享樂主義者，騙子！沙文主義者！傻瓜！」

他又再轉台，螢幕出現了一個夜總會的場景，背景是柔和的音樂。他讓畫面停在這裡，看著舞池中移動的身軀，男男女女打扮如孔雀一般，在音樂聲中相擁。

他暗想，如果我不是一個害怕自憐的享樂主義者，那我又是什麼呢？他喝完那瓶杜松子酒，看著拿著瓶子的手，接著又盯著他的假指甲。在電視螢幕閃爍不定的光線下，指甲像半透明的硬幣閃閃發光。他盯著指甲看了好幾分鐘，彷彿是第一次看見。

他站起來，搖搖晃晃走到衣櫃前，從架上取下一個鞋盒大小的盒子。衣櫃門內側掛著全身鏡，他看著自己一會兒，看著自己又高又瘦的身軀。然後他回到沙發上，把盒子放在面前咖啡桌的大理石桌面上，從盒裡拿出一個小塑膠瓶。桌子擺著一個以中國瓷製作的缽狀菸灰缸，裡面空無一物，是法恩斯沃斯送給他的。他把瓶裡的液體倒進菸灰缸裡，放下瓶子，然後將兩隻手的指尖浸到菸灰缸裡，好像那是餐桌上用來洗手的小碗。他讓指甲浸泡一分鐘，然後伸出手，接著用力拍打雙手，噹噹噹，指甲輕聲落到了大理石桌面。現在他的手指末梢變得非常光滑，指尖靈活，只是有些痠痛。

電視傳來了爵士樂的聲音，節奏響亮而急切。

他站起來走到房門口，將門鎖上，然後回到桌子上的盒子旁，從裡面拿出一團類似棉花的東西，把它浸在液體裡一會兒。他注意到他的手在顫抖，他也知道自己比以往任何時候都醉得更加厲害。但是，顯然還是不夠醉。

他走到鏡子前，把那團濕漉漉的東西輪流貼在兩隻耳朵上，直到假耳垂掉下來。他解開襯衫的鈕子，用同樣的方法，去除了胸部的假乳頭和胸毛。胸毛和乳頭附著在一張透氣的薄片上，隨著薄片一起脫落。他把這些東西放到咖啡桌上，走回鏡子前，開始用自己的語言說話，說的是自己年輕時寫過的一首詩，一開始聲音很輕，接著開始變得大聲，蓋過了電視機裡的爵士樂。舌頭有點發不出聲音來，他喝得太多了，或者他失去了用安西亞絲音說話的能力。然後，他喘著粗氣，從盒子拿出一個鑷子般的小工具，站在鏡子前，小心翼翼將兩隻眼睛裡的彩色組織薄膜取下來。他一面繼續掙扎著朗讀他的詩，一面用那雙虹膜像貓眼一樣垂直打開的眼睛對自己眨眼。

他盯著自己看了很久，然後哭了起來。他沒有抽泣，但眼淚從眼睛裡流了出來——和人類的眼淚一模一樣的眼淚——沿著他消瘦的臉頰滑落。他絕望地哭了。

他大聲地對自己說，用英語說。他說：「你是誰？你屬於哪裡？」

他自己的身體也回望著他，但他無法認出那是他自己的身體，它很陌生，讓人恐懼。

他又給自己拿了一瓶酒。音樂停了，播音員說：「……路易斯維爾市中心塞爾巴赫酒店的宴會廳，由世界彩贊助直播，世界彩生產一流的攝影底片與顯影劑……」

牛頓沒有看著螢幕，他正在打開瓶子。一個女人的聲音開始說話了：「要保存即將到來的假期、孩子、感恩節和聖誕節團聚的記憶，沒有什麼比世界彩照片更美麗動人的了，充滿著神采飛揚的生命力……」

而在沙發上，湯瑪士·傑羅姆·牛頓正躺著喝酒，他的杜松子酒瓶打開了，無指甲的手指在顫抖，貓一般的眼睛呆滯無神，痛苦地盯著天花板……

3

與牛頓喝酒對談五天後的星期日上午，布萊斯在家裡讀一本偵探小說。他坐在他組裝式小客廳的電暖器旁，只穿著綠色法蘭絨睡衣，喝著他的第三杯黑咖啡。比起近日的心情，今天早上他覺得舒暢多了，對於牛頓身分的擔憂沒有像過去幾天那樣困擾著他。這個問題仍然是他心中最重要的問題，但是他考慮後決定了某種方針——如果守株待兔可以被稱為一種方針的話——也設法將這個問題拋到腦後，即使問題還在腦中，起碼他不再持續密切觀察。偵探小說相當枯燥，外面的天氣已經變得非常寒冷，他在擬真壁爐旁很舒服，不急著去做任何事。左牆上掛著《伊卡洛斯的墜落》，兩天前他把它從廚房移到這裡。

書讀到一半時，前門傳來一陣輕微的敲門聲。他有些惱怒地站起來，心想究竟誰會在星期天早晨來找他。工作人員之間有不少社交活動，但他極力避免與人往來，況且他幾乎沒什麼朋友，沒有一個夠熟的朋友會在星期天午餐前來找他。他從臥室拿出浴袍，然後打開前門。

在外頭灰濛濛的晨光下，牛頓的管家穿著一件輕薄的尼龍外套瑟瑟發抖。

她笑著對他說：「布萊斯博士？」

「有什麼事嗎？」他記不起她的名字了，雖然牛頓曾經在他面前提到過一次。關於牛頓和這個女人的謠言可真不少。他說：「快進屋子暖和暖和吧。」

「謝謝。」她很快地走了進來，但帶著歉意把門關上。「牛頓先生派我來的。」

「哦？」他把她領到電壁爐邊。「你需要一件厚一點的外套。」

她似乎臉紅了——也許只是因為她的雙頰凍得發紅。「我不常出門。」

他幫她脫下外套後，她俯身在壁爐前烘手。布萊斯坐下來，若有所思地看著她，等著她說出來訪的原因。她並不是一個沒有魅力的女人——豐滿的嘴唇，黑髮，那件樸素的藍裙子底下是豐腴的身材。她肯定和他的年齡相仿，也像他一樣穿著老式的衣服。她沒有化妝，但由於皮膚冷得發紅，也不需要化妝。她的胸脯沉甸甸的，就像俄羅斯宣傳片中的農婦一樣；如果不是她那羞澀自卑的眼神、鄉巴佬的舉止和口音，她會有一個完美不朽的「大地之母」形象。她五分袖下的手臂，長著少許柔軟而悅目的黑色毛髮，他喜歡這樣，就像喜歡她不拔眉毛一樣。

她突然直起身子，對他露出笑臉，現在笑得愉快多了。她開口說話：「這不像柴火。」

他一時不明白她的意思，然後朝著發著紅光的壁爐點了點頭，說：「當然不像。」然後說：「你不坐下來嗎？」

她坐到他對面的椅子上，往後一靠，把腳擱在擱腳凳上。「聞起來也不像柴火。」她顯得若有所思。「我以前住在農場，還記得早上蹦蹦跳跳地想穿上衣服時，我會把衣服先放在壁爐上讓衣服變溫暖，我也會站在火邊，讓背部暖和起來。我還記得火的味道，可我已經——天知道——二十年沒聞過柴火的味道了。」

他說：「我也是。」

她說：「以前的東西比較好聞，現在因為製作咖啡的方式，連咖啡也不像以前那麼香。大多數東西都沒有氣味了。」

「想來一杯嗎？咖啡？」

她說：「當然好，你要我去拿嗎？」

「我來吧。」他站起來，把原本的那一杯先喝完。「反正我已經準備好再來一杯了。」

他走到廚房，用咖啡錠沖了兩杯，自從這個國家與巴西斷交之後，現在幾乎只能買到咖啡錠了。他用托盤將咖啡端進來，她接過自己的，對他露出親切的微笑。她看起來非常舒服，像一隻脾氣好的老狗——沒有驕傲或處世哲學阻礙她的舒適。

他坐下來，喝了一小口。他說：「你是對的，東西聞起來都跟以前不同了，或者，也許我們老了，記不清楚了。」

她繼續微笑著，然後說：「他想知道你是否會和他一起去芝加哥，下個月。」

「牛頓先生？」

「嗯嗯，有一個會議，他說你可能知道這件事。」

「會議？」他喝著咖啡想了一想。「哦，化學工程師學會，他怎麼會想去呢？」

她說：「不知道，他告訴我，如果你想和他一起去，他今天下午會來和你談一談這件事，你不會要工作吧？」

他說：「不會，我星期天不工作。」他沒有改變他那漫不經心的語氣，但腦子已經開始加速運轉。機會來了，機會從天而降，掉到了他的眼前。兩天前，他已經醞釀了計畫的雛形，如果牛頓真的要來這個屋子的話……「我很樂意和他談談。」然後他又說：「他有沒有說他什麼時候過來？」

「他沒說。」她喝完咖啡，將杯子放在椅子旁邊的地板上。他想，她肯定很自在，把這裡當自家了，不過他並不介意她這麼做，這才叫做真正的不拘禮儀，像卡努蒂教授和他在愛荷華州那些理平頭男同事的表現，那是做作。

「他最近根本沒怎麼說話。」她說這話時，聲音裡有一絲緊張。「事實上，我幾乎也很少見到他。」她的聲音中也有一些嚴肅的意味，布萊斯好奇這兩個人之間到底有什麼關係。這時他想到，她來這裡也是一個機會——一個他可能再也不會有的機會。

「他病了嗎？」如果他能讓她透露什麼……

「據我所知沒有，他很古怪，他情緒不定。」她沒有看著他，而是盯著面前發光的電熱絲，沒有看他。「有時他跟那個法國人說話，他叫布林納德，有時他跟我說話。有時他只是坐在房間裡，一坐就是好幾天。或者他會喝酒，但很難判斷他的情緒好壞。」

「布林納德做什麼？他負責什麼？」

「我不知道。」她匆匆看了他一眼，眼神又回到壁爐上。「我想他是保鏢吧。」她再次轉向他，露出擔憂焦慮的神色。「你知道嗎，布萊斯先生，他隨身帶著一把槍，而且你注意他的動作，他動作很敏捷。」她像母親似地搖了搖頭。「我不相信他，我想牛頓先生也不應該相信他。」

「很多有錢人都有保鏢，況且布林納德也算是秘書，不是嗎？」

她笑了，一個簡短的苦笑。「牛頓先生不寫信。」

「我想也是。」

然後她仍然盯著壁爐，溫順地說：「我可以喝一點嗎？」

「當然。」

他站起來，幾乎站得太快了。「杜松子酒？」

她抬頭看著他。「是的，謝謝，杜松子酒。」她有些哀愁，布萊斯突然意識到，她一定很孤獨，幾乎無人可以傾訴。他同情她——一個迷惘落伍的鄉巴佬——但同時又興奮地意識到，時機已成熟，可以向她打聽消息了。他可以用點杜松子酒收買她，讓她盯著壁爐看一會兒，等她開口說話。他暗自偷笑，覺得自己真是陰險狡詐。

他進廚房，從水槽上方架子拿下杜松子酒，她從客廳裡說：「請你放點糖好嗎？」

「糖？」相當與眾不同的喝法。

「是的，大約三匙。」

他搖著頭說：「沒問題。」然後又說：「我忘了你的名字。」

她的聲音仍然很緊張──彷彿她在竭力避免顫抖，或者避免哭泣。「我叫貝蒂．喬，布萊斯先生。貝蒂．喬．莫舍。」

她回答他的語氣帶有一種溫和的尊嚴，讓他為了沒有記住她的名字而感到羞愧。他在杯子裡放了糖，開始往裡面倒酒，並為自己即將要做的事──利用她──感到更加羞愧。「你是肯塔基州人嗎？」他盡可能有禮貌地說，他幾乎倒了一整杯，然後攪拌了一下。

「對，我來自爾灣，離爾灣大約七英里的地方，在這裡的北部。」

他把酒端給她，她感激地接過去，卻又試圖表現出感人又可笑的矜持。

他開始喜歡這個女人了。「你爸媽還在世嗎？」他想起來了，他應該向她探問牛頓的事，而不是她自己的事，為什麼他的思想老是偏離重點，真正的重點？

「我媽媽已經走了。」她喝了一小口杜松子酒，一面思忖，一面把酒含在嘴裡滾了一下，才眨著眼睛喝下去。她說：「我實在喜歡杜松子酒。我爸把農場賣給了政府，要做水什麼……」

「水培站？」

「沒錯，他們在那裡用水箱做噁心的食物。總之，爸爸現在靠救濟金過活——住在芝加哥的社會住宅——遇到湯米以前，我在路易斯維爾也是住在社會住宅。」

「湯米？」

她露出苦笑。「就是牛頓先生，我有時叫他湯米，我以前還以為他喜歡呢。」

他吸了一口氣，目光從她身上移開，說：「你什麼時候認識他的？」

她又喝了一口杜松子酒，細細品味才吞了下去。然後她輕輕地笑了。

「在一部電梯中，我在路易斯維爾搭乘電梯上樓，去領郡政府發的福利支票，湯米在電梯裡。天哪，他那副模樣可真怪！我一看就知道，後來他在電梯裡摔斷了腿。」

「摔斷了腿？」

「沒錯，聽起來很好笑，但他就是摔斷了腿，電梯對他來說一定太快了，如果你知道他有多輕……」

「多輕？」

「我的天，他真的很輕，一隻手就能把他拎起來，他的骨頭絕對比鳥骨還要脆弱。我告訴你，他是一個古怪的人，天啊，他是個好人，又聰明，又有錢，又很有耐心。但是，布萊斯先生……」

「怎麼了？」

「布萊斯先生，我想他病了，我想他病得很重，我想他身體有病——天啊，你應該看看他吃的那些藥！——我認為他也有……精神上的問題。我想幫他，但我不知道該從哪裡開始，而且他從來不肯讓醫生靠近他。」

她喝完了一杯酒，身體向前傾，像要搬弄是非，臉龐卻帶著悲傷——非常真切的悲傷，不可能偽裝成搬弄是非的藉口。「布萊斯先生，我認為他從來不睡覺，我和他相處快一年了，從未見過他睡覺。他根本就不是人。」

布萊斯的腦子像鏡頭一樣打開了，一股寒意從頸背蔓延開來，穿過肩膀，順著脊椎骨往下爬。

他問：「還要再來點酒嗎？」然後，他覺得自己半笑半哭地說：「我也跟你一塊……」

她走前又喝了兩杯。她並沒有告訴他更多關於牛頓先生的事——可能是因為他不想再問她了，也不覺得必須要問。不過當她走時——一點也不踉蹌，因為她的酒量媲美水手——她一邊穿上外套，一邊說：「布萊斯先生，我是個愚蠢無知的女人，但我真的很高興能和你聊天。」

他說：「是我的榮幸，只要你願意，歡迎隨時再來。」

她對他眨了眨眼：「可以嗎？」

他本來不是這個意思，但他現在由衷地說：「我希望你能再來。」然後又說：「我也沒有誰可以聊天。」

她說：「謝謝。」她走到冬日正午的陽光下又說：「我也一樣，不是嗎？」

他不確定牛頓來之前他有幾個小時的時間，但知道如果要及時做好準備，就必須迅速行動。他既興奮又緊張，一面穿上衣服，一面不停地喃喃自語：「不可能是麻州，一定是火星，一定要是火星……」他希望是火星嗎？

換好衣服後，他穿上大衣，出門去實驗室——五分鐘的路程。外面正飄著雪，冷意暫時將他的注意力從盤旋在腦海裡的念頭中移開，如果他能正確安裝裝置，及時安裝好，一次就能徹底解開這個謎題。

有三個助理在實驗室，他對他們粗聲粗氣地說話，拒絕回答他們對天氣的評論。他開始拆卸金屬實驗室的小型儀器，一台X光應力分析的小儀器，他感覺到他們的好奇心，但假裝沒有注意到他們揚起了眉毛。拆儀器用不了多少時間，只需轉下將相機和輕型陰極射線發生器固定在框架上的螺栓就行了，他一個人就能輕鬆搬走。他確認相機裝了底片——W.E.公司的高速X光底片——然後一手拿著相機，一手拿著陰極射線發射器，就準備離開了。關上門之前，他對其他人說：「欸，你們三個，下午不如休息吧？OK？」

他們看起來有點茫然，不過其中一個人說：「好的，當然好，布萊斯博士。」然後看著另外兩個人。

「很好。」他關上門就走了。

布萊斯客廳的擬真壁爐旁，有一個現在沒有使用的空調通風口，他忙了二十分鐘，咒罵了幾聲，最後設法將快門打開的相機安裝在通風口隔柵後方。說也幸運，W.E.底片跟牛頓的許多專利一樣，比先前的技術大幅進步許多，完全不受可見光的影響，只有X光才能讓它曝光。

發射器的管子也是W.E.公司生產的設備，它的工作原理就像一個頻閃燈，能夠瞬間射出集中的X光——這對高速振動研究極為有用，對於布萊斯現在的想法來說或許甚至更為有用。他把發射器安裝在廚房的麵包抽屜中，隔著牆對準了開著鏡頭的照相機。然後，他把電線從抽屜前面拉出來，插到水槽上方的插座。他讓抽屜半開，以便把手伸進去撥動小型變壓器邊上的電子管電源開關。

他回到客廳，小心翼翼將他最舒適的椅子放在相機和陰極射線管中間。然後他坐下來，坐在另一張椅子上，等待湯瑪士・傑羅姆・牛頓上門。

4

等待的時間非常漫長。布萊斯餓了，弄了個三明治想吃，卻吃不完。他踱來踱去，又拿起偵探小說，卻再也不能集中精神閱讀。每隔幾分鐘，他就走到廚房檢查麵包抽屜中陰極射線管的位置。有一次，他一個衝動，想確認儀器是否正常，便將開關切到「開」，等待它暖機，然後按下了按鈕，一道看不見的閃光射出——閃光穿過牆壁，穿過椅子，穿過相機鏡頭，相機後側的底片曝光了。按下按鈕之後，他心裡狠狠罵了自己幾句，他真蠢，胡搞瞎搞，現在可好了，底片曝光了。

他花了二十分鐘，才拆下通風管上的格柵，取出相機。然後必須取下底片——變成了棕色，代表確實曝光了——從底片盒取出另一張底片換上。由於擔心牛頓隨時會敲門，他急得滿頭大汗，把相機重新放入通風管，檢查好鏡頭，小心翼翼，顫抖地將鏡頭對準了椅子，然後重新裝上格柵。他確認鏡頭對著格柵上的一個孔，這樣才不會出現金屬干擾。

他捲起袖子正在洗手時，前門響起了敲門聲。他強迫自己慢慢走過去，毛巾還拿在手上，然後打開了門。

T. J.牛頓站在雪地裡，戴著墨鏡，穿著一件薄外套。他微微一笑，笑中似乎帶有些諷刺的意味，他不像貝蒂・喬，似乎一點也不覺得冷。火星，布萊斯心想，讓他進來，火星是一個寒冷的星球。

牛頓說：「午安，希望沒有打擾到你。」

布萊斯努力讓聲音保持穩定，他辦到了，自己也感到驚訝。「完全沒有，我閒著沒什麼事，不坐下來嗎？」他朝通風口旁的椅子打了個手勢，在做這個動作時，他想到了達摩克利斯，想到了劍下的寶座。[8]

牛頓說：「不用了，謝謝你，我已經坐了一個早上了。」他脫下外套

8 西元四世紀前，佞臣達摩克利斯坐在王座底下，抬頭卻看到一把只以一根馬鬃懸掛著的利劍，才明白在位者雖享有權勢財富，但也處處面臨著危險。

放在椅背上，他一如既往穿著短袖襯衫，兩側伸出的袖子讓手臂看起來非常纖細。

「我給你倒杯酒。」如果有酒喝，他可能會坐下來。

「不用了，謝謝，我……正在戒酒。」牛頓走到牆邊，仔細察看布萊斯的畫。他靜靜地站了一會兒，布萊斯自己則是坐了下來。然後他說：「這是一幅好畫，布萊斯博士，是布勒哲爾的作品，對不對？」

「沒錯。」當然是布勒哲爾的作品，誰都知道那是布勒哲爾的作品。牛頓怎麼不坐呢？布萊斯開始掰指關節，然後又停下來。牛頓心不在焉拂去頭髮上幾滴融化的雪，如果他再高一點，這個動作會讓他的指關節刮到天花板。

牛頓說：「叫什麼？這幅畫。」

牛頓應該知道才對，這幅畫這麼有名。「《伊卡洛斯的墜落》，畫伊卡洛斯掉到了水中。」

牛頓繼續欣賞。他說：「畫得真好，風景很像我們的風景，有山，有雪，還有水。」他轉過身來看著布萊斯。「不過，畫裡有人正在耕田，太陽位置比較低，應該是在一天稍晚的時候……」

布萊斯仍然很緊張，但現在也惱火了，聲音有些急躁。「為什麼不是早一點的時間？」他說。

牛頓的微笑非常奇怪，眼睛似乎盯著什麼遙遠的東西。「不大可能是早上吧？」

布萊斯沒有回答，但牛頓當然是對的，伊卡洛斯是在日正當中時墜落的，他一定是從非常高的地方落下，在這幅畫中，太陽已經半落到地平線以下，伊卡洛斯的雙腿膝蓋在水面掙扎——沒有人注意到他即將因為自己的蠢行而溺死——所以描繪的是伊卡洛斯墜海的那一刻。他一定是從正午開始墜落的。

牛頓打斷了他的推測。「貝蒂．喬告訴我，你願意和我一起去芝加哥。」

「對，但告訴我，你為什麼要去芝加哥？」

牛頓做了一個對他似乎非常奇怪的手勢——聳了聳肩，手掌往外翻。

這個動作肯定是從布林納德那裡學來的。他說：「哦，我需要更多的化學家，我想這是一個聘用他們的好管道。」

「那我呢？」

「你是一個化學家，更確切地說，是一個化學工程師。」

布萊斯猶豫了一下才開口，他想說的話可能很無禮，但牛頓似乎並不介意直率。他說：「牛頓先生，你有很多員工。」他勉強擠出笑容。「我當初還得在他們這群大軍之中殺出一條血路才能見到你。」

牛頓說：「沒錯。」他轉身又瞥了一眼那張畫，然後說：「也許我真正想要的是一個……假期，到一個沒去過的地方走走。」

「你沒去過芝加哥？」

「沒去過，在這個世界上，我恐怕算得上是一個隱士。」

布萊斯聽了這句話幾乎要臉紅了，他轉向人造爐火說：「聖誕節期間的芝加哥不是世界上最理想的度假地點。」

牛頓說：「其實我倒不討厭寒冷的天氣，你討厭嗎？」

布萊斯緊張地呵呵笑了幾聲。「我不像你那樣對寒冷的天氣有免疫力，但我能忍受。」

「太好了。」他走到椅子前拿起外套準備穿上。「很高興你會和我一起去。」

看到另一個男人——他是一個人嗎？——準備離開，布萊斯慌了，他或許再也沒有機會了。「等一下。」他蹩腳地說：「我要去……給自己倒杯酒。」

牛頓什麼也沒說。布萊斯出了房間，進了廚房。穿過門後，他轉身想看看牛頓是否還站在椅子後面，他的心往下一沉：牛頓又走到那幅畫前，再次站在它的面前，神情嚴肅地凝視著。他半彎著腰，因為他的頭至少比畫高一英尺。

布萊斯給自己倒了一杯雙份蘇格蘭威士忌，再用自來水將杯子裝滿，他不喜歡在酒中加冰塊。他灌了一大口，站在水槽邊，暗暗詛咒讓牛頓決定站著的壞運氣。

然後，當他走回客廳時，他看到牛頓已經坐下了。

他的頭轉過來好看著布萊斯。他說：「我想我最好留下來，我們應該討論我們的計畫。」

布萊斯說：「沒錯，應該要討論一下。」他愣了幾秒鐘，然後匆忙地說：「我……我忘了冰塊，我的酒要冰塊，抱歉，我離開一下。」他回到廚房。

伸進麵包抽屜打開開關時，他的手不禁顫抖。那玩意兒暖機的時候，他走到冰箱前，從籃子拿了冰塊。他一生中，對科技進步曾有過屈指可數的幾次感激時刻，此刻是其中一次；謝天謝地，不再需要與卡在盒子裡的冰塊搏鬥了。他在酒中放了兩顆冰塊，濺了些酒到襯衫前襟。他回到麵包抽屜前，深吸了一口氣，按下了開關。

一陣短暫且幾乎難以察覺的嗡嗡聲，接著又恢復了安靜。

他關掉了開關，回到客廳。牛頓仍舊坐在椅子上，現在正盯著壁爐。有好一會兒，布萊斯的目光無法從通風管上移開，相機就在後面，底片已經曝光了。

他搖了搖頭，竭力想擺脫焦慮的感覺。事已至此，敗露也未免太可笑了。他還意識到，他覺得自己是個叛徒——剛剛背叛了朋友。

牛頓說：「我想我們飛過去吧。」

他忍不住了，挖苦地說：「像伊卡洛斯一樣？」

牛頓笑了。「我希望更像代達洛斯，我可不想淹死。」

現在輪到布萊斯站著，他不想坐下來，坐著就得面對牛頓。他說：「搭你的飛機？」

「沒錯，我看我們聖誕節早上去吧，也就是說如果布林納德到時能在芝加哥的機場安排到一個停機位的話，我猜飛機很多。」

布萊斯快喝完酒了——喝得比他平日快得多。他說：「聖誕節當天飛機不見得會很多，有點像是剛好夾在尖峰時間中間。」然後他不知道他到底為什麼要問這個問題，居然開口說：「貝蒂・喬會一起去嗎？」

牛頓猶豫了一下才說：「不會，就我們兩個。」

他覺得自己有點不可理喻——就像那天他們兩人在湖邊喝酒聊天時的感覺一樣——他問：「她不會想你嗎？」當然，這不關他的事。

「可能會吧。」牛頓似乎沒有因為這個問題而生氣。「我想我也會想念她的，布萊斯博士，但她不去。」他又不作聲看了一會兒壁爐。「你能準備好在聖誕節早上八點出發嗎？如果你願意的話，我派布林納德來接你——來你家接。」

「好。」他頭往後一仰，把剩餘的蘇格蘭威士忌乾了。「我們要去多久？」

「至少兩到三天。」牛頓站起來，又開始穿上外套。布萊斯感到一陣輕鬆，他已經開始覺得好像再也無法控制不住自己了。底片……

牛頓說：「我想你需要幾件乾淨的襯衫，費用由我來負責。」

「有何不可？」布萊斯笑得有點緊張。「你是大富翁。」

「沒錯。」牛頓一邊說，一邊拉上外套的拉鍊。布萊斯仍然坐著，抬起頭看到曬得黝黑又瘦削的牛頓如雕像一樣高聳在他面前。「沒錯，我是大富翁。」

然後，他彎著腰從門框下走了出去，輕盈地走到雪地裡……

布萊斯的手指興奮得發抖，心裡為自己的手指如此興奮而感到羞愧。他拆下通風管的格柵，拿出相機放在沙發上，最後取出了底片。接著他穿上大衣，小心翼翼把底片放進口袋，穿過厚厚的雪地，向實驗室走去，竭力忍住才沒有跑起來。

實驗室空無一人——幸好他稍早將助理趕走了。他直奔顯影投影室，雖然實驗室變得很冷，他也沒有停下腳步打開暖氣，甚至連大衣都沒脫下。他從氣態顯影箱裡取出底片時，手抖得相當厲害，幾乎無法將底片放進機器中。但他終究放進去了。

然後，他打開投影機的開關，看著遠側牆上的螢幕，手便不再顫抖，呼吸也哽在喉嚨裡。他目不轉睛看了整整一分鐘。然後，他冷不防轉身，從投影室走去實驗室——那間長長的大房間空蕩蕩，冷冰冰。他從牙縫吹著口哨，不知什麼原因，他吹的曲子居然是：如果你認識蘇西，就像我認識蘇西一樣……

然後他獨自在實驗室裡笑了起來，但笑聲很輕。他說：「沒錯。」這句話從實驗室另一頭的牆壁反彈回來，越過試管架和本生燈、玻璃器皿和坩堝、窯爐和測試機，回音有些空洞。他說：「沒錯，沒錯，先生，是朗普斯金。」

將底片從投影機拿下來前，他又盯著牆上的影像——被扶手椅的模糊輪廓框住的影像，一個不可能的身體中不可能的骨骼結構——沒有胸骨，沒有尾骨，沒有浮動肋骨、頸椎軟骨、尖尖的肩胛骨、相接的第二和第三肋骨。天啊，他想，我的天啊。金星。天王星，木星，海王星，或火星。天啊！我的天啊！

而且他看到了，在底片的角落有一個幾乎不引人注目的小小圖案，上面寫著：W. E.公司。一年多以前，他首次詢問那張彩色底片的來源時，就知道了它們的含義，它帶著一系列可怕的含義回到了他的面前：世界企業公司。

5

他們在飛機上沒怎麼交談，布萊斯拿著幾本冶金研究的小冊子想讀，卻發現自己焦躁不安，思緒飄忽不定。他不時瞥向狹長的豪華艙，牛頓坐在那裡，神情安詳，一手端著水杯，一手拿著書。那本書是《華萊士・史蒂文斯詩集》。牛頓的臉色沉著，似乎讀得非常入神。豪華艙的牆壁裝飾著巨幅彩色水鳥照片——鶴、火鶴、蒼鷺、鴨子。另一次他搭乘這架飛機時——也就是第一次到工程現場那次——布萊斯還很欣賞在這裡掛上這些照片的品味，現在照片卻讓他感到不舒服，簡直有一種不祥之感。牛頓喝了口水，翻了幾頁書，朝布萊斯笑了一兩次，但什麼也沒說。從牛頓身後的小窗，布萊斯看到一塊髒兮兮的灰色長方形天空。

他們花了不到一個小時就飛到了芝加哥，又花了十分鐘降落。他們下了飛機，進入了混亂模糊的灰色卡車之中，人群神情堅定，積雪融化了又結冰，像是有稜有角的玻璃，而且相當髒，風則像大量的小針打在臉上。他把下巴埋到圍巾裡，將大衣領子翻起來，又把帽子拉得更緊。他這麼做的時候，看了看牛頓，就連牛頓似乎也受不了這樣的寒風，他雙手插在口袋裡，縮起了身子。布萊斯穿著一件厚重的大衣，牛頓則穿著粗花呢羊毛夾克和羊毛褲子。見到他穿成那樣真奇怪，不知道他戴帽子會是什麼樣子，布萊斯心想，也許從火星來的人應該戴圓頂高帽吧。

一輛扁平的拖車把飛機拖離著陸區，那架優雅的小飛機跟著拖車，似乎悶悶不樂，彷彿在地面是一種恥辱，它深感苦惱。有人對另一個人喊道：「聖誕快樂！」布萊斯猛然想到今天是聖誕節。牛頓心事重重從他身邊走過，他跟了上去，腳下的冰像骯髒的灰石，他戰戰兢兢，慢慢走過月球表面似的冰原冰坑。

航站又吵又擠，而且悶熱得讓人都流汗了。等候室中央矗立著一棵會旋轉的塑膠聖誕樹，掛著塑膠雪花、塑膠冰柱，還有邪惡的閃燈。每隔一段時間，在人群的喧囂中，就會響起一個不見身影、歌聲甜膩的唱詩班的歌聲，隨著鐘聲與電子管風琴唱著〈白色聖誕節〉：「我夢想一個白色聖誕節……」，這是一首優美古老的聖誕歌曲。某個隱蔽的管道飄出了松樹的氣味——或者松油的氣味，就像公共廁所使用的那一種。穿著皮草尖聲尖氣的女人成群結隊站著，男人拿著公文包、包裹和相機，步履堅定地穿過等候室，一個醉漢斜躺在仿皮扶手椅上，臉上斑斑點點。在布萊斯不遠處，有個孩子對另一個孩子說：「你也是。」布萊斯沒有聽清他的回答。「願你的日子充滿歡樂光明，願你所有聖—誕—節都是白—色—的！」

牛頓說：「我們的車應該停在航站前面。」他的聲音透露了痛苦。

布萊斯點點頭，他們默默穿過人群，走出大門，冷冽的空氣讓人鬆了一口氣。

車子和一個穿制服的司機已經在等候了。上車後覺得舒坦了，布萊斯說：「你喜歡芝加哥嗎？」牛頓看著他一會兒，然後說：「我都忘記了有那麼多的人。」然後他生硬地笑了笑，引用一句但丁的話：「我沒想到死亡竟毀滅了那麼多的東西。」布萊斯心想，如果你是但丁，是地獄中的一員——你很可能就是——那麼我就是維吉爾。

在飯店房間用過午餐後，他們搭電梯到大廳，各方代表在那裡轉來轉去，努力讓自己看起來開心、重要而且一派輕鬆。大廳擺了鋁製和紅木家具，這種日本現代風格是當前的優雅代名詞。他們用了幾個小時與布萊斯的熟識交談——大多數人布萊斯並不喜歡——找到三個貌似有興趣來為牛頓工作的人。他們約好了面談時間。牛頓自己很少說話，在被介紹的時候，他會點頭微笑，偶爾也說上幾句。他的身分傳開後，引起了一些注意，不過他似乎沒有察覺到。布萊斯清楚地感覺到，他承受著相當大的壓力，但表情還是像以前那樣沉著。

他們受邀去一間高級套房參加雞尾酒會，那是一家工程公司舉辦的聚會，開支可用來抵稅。牛頓接受了邀約。邀請他們的人長著一張像黃鼠狼的臉，似乎非常開心他們接受了邀請，抬頭看著比他高上一顆頭的牛頓說：「實在太榮幸了，牛頓先生，能有機會和您談話，我實在是太榮幸了。」

牛頓露出了他那不變的笑容說：「謝謝。」那人走後，他對布萊斯說：

「我現在想去外面走一走，你願意一起去嗎？」

布萊斯鬆了一口氣，點了點頭。「我去拿我的大衣。」

走去電梯的路上，他遇到三個人，他們都穿著商務西裝，自命不凡地大聲交談。布萊斯經過時，其中一人說：「……不只是在華盛頓，唷，你不能告訴我化學戰沒有前途，這是一個需要新人的領域。」

雖然是聖誕節，但商店還是開門營業。街上人潮擁擠，大多數人眼睛直視前方，表情死板。牛頓似乎很緊張，看來人群的存在影響了他，好像他們是陣陣的波浪，或者一種摸得著的能量場，有無數的電磁鐵，即將吞噬掉他。他彷彿要費一番力氣才能繼續走下去。

他們進了幾家商店，亮晃晃的頂燈和黏糊糊的熱氣迎面襲來。牛頓說：「我想應該給貝蒂．喬買個禮物。」最後他在珠寶店給她買了一個白色大理石和黃金製成的精緻小鐘，小鐘裝在盒子裡，用鮮豔的包裝紙包妥，由布萊斯幫他提回了飯店。

牛頓說：「你想她會喜歡嗎？」

布萊斯聳聳肩，「她一定喜歡。」

開始下雪了……

✦

下午和晚上有多場會議，但牛頓隻字不提，布萊斯也因為不用參加而鬆了一口氣。他從來就不喜歡那種愚蠢的討論——討論什麼「挑戰」，什麼「可行的概念」。下午剩餘的時間，他們面試了三個有意為世界企業工作的人，其中兩人接受了工作，將從春天開始工作——想想牛頓給的薪水，怎麼會不接受呢？其中一個將負責研究太空船引擎的冷卻劑，另一個聰明和氣的年輕人則在布萊斯手下工作，他是腐蝕方面的專家。牛頓似乎很開心能請到這兩個人，但也可以看出他其實並不怎麼關心，整個面試過程中，他心不在焉，含糊其辭，大部分的談話只好由布萊斯來負責。事情都結束時，牛頓彷彿卸下了重擔，但很難準確分辨他對任何事情的感受，如果能知道那個奇怪陌生的頭腦中在想什麼，那個下意識的微笑——那個淡淡的、睿智的、感傷的微笑——隱藏著什麼，一定很有趣。

雞尾酒會在頂樓舉行，他們穿過短廊，進入一個鋪著藍地毯的寬敞房間，到處都是輕聲細語的人，大部分是男人。房間有一整面的玻璃牆，城市燈火散布在牆面上，好像一張精巧的分子模型圖。家具全是布萊斯喜歡的路易十五風格，牆上的畫作也不錯。一曲柔和而清晰的巴洛克賦格曲從某處的揚聲器傳來，布萊斯不知道這首曲子，但聽了很喜歡，巴哈？韋瓦第？他喜歡這個房間，為了待在這裡，他更願意忍受這場聚會。不過，芝加哥在那面玻璃牆的表面閃爍，仍舊給人一種不協調的感覺。

一個男人從人群中抽身過來迎接他們，臉上掛著迷人的微笑。布萊斯見了心頭一驚，是在大廳裡講化學戰的那人。他穿著一套剪裁考究的黑色西裝，看起來高大帥氣。「歡迎來到我們遠離郊區的避難所。」他伸出手說：「我是弗雷德．班奈狄克，吧檯在裡面。」他會意地朝一個入口點了點頭。

布萊斯握住他的手，對他那有意而為之的緊緊一握有些惱火，然後介紹了自己和牛頓。

班奈狄克顯然印象深刻。他說：「湯瑪士・牛頓！天啊，我正希望你能上來，你知道你是出了名的……」他似乎一時有些尷尬，「……隱士。」他笑了起來，牛頓用不變的沉著笑容低頭看著他，班奈狄克繼續往下說，已無尷尬之意。「湯瑪士・J・牛頓──知道嗎？很難相信真的有你這個人，我的公司跟你──或者說從世界企業那裡──租用了七種專利技術，我只能把你想像是某種電腦。」

牛頓說：「也許我的確是一台會運算的電腦。」然後問：「你是哪家公司，班奈狄克先生？」

班奈狄克特看了一會兒，好像害怕被嘲笑。布萊斯想，他可能真的害怕。

「我是未來無限公司，主要做化學武器，不過我們也生產一些塑膠產品──容器之類的。」為了好玩，他微微鞠躬，「是聚會的主人。」

牛頓說：「謝謝你。」他向通往吧檯的門口走了一步。「你這地方真不錯。」

「我們也這麼覺得，而且都是可以減稅。」正當牛頓要脫身離開時，他說：「讓我替你們拿杯酒吧，牛頓先生，我想讓你見見我們的一些客人。」他看起來好像不確定該如何對待這個高大古怪的人，但又不敢讓他離開。

牛頓說：「用不著麻煩了，班奈狄克先生，我們待會兒再去找你。」班奈狄克似乎不滿意，但也沒有反對。

進入吧檯間後，布萊斯說：「我不知道你名氣這麼響亮，一年前我想找你時，還沒有人聽說過你。」

牛頓說：「秘密不可能永遠是秘密。」他現在不笑了。

這個房間比另一個房間小，但同樣雅致，晶亮的吧檯上方掛著馬奈的《草地上的晚餐》。酒保白髮蒼蒼，上了年紀，相貌比另一間房間裡的科學家和生意人更要優雅。坐在吧檯前，布萊斯發現自己那套四年前在百貨公司買的灰色西裝破舊不堪，知道襯衫領口也磨損了，袖子則是太長了。

他點了馬丁尼，而牛頓則點了不加冰的白開水。酒保準備飲料時，布萊斯環視了一下房間說：「知道嗎？有時我覺得我拿到博士學位後就該去他們那樣的公司工作。」他乾乾地笑了兩聲。「我現在就可以年薪八萬，過這樣的日子。」他朝房間裡揮了揮手，讓他的目光停留了一會兒，停留在一個衣著華麗的中年婦女身上，她的身材用心維持得很好，臉龐讓人聯想到金錢和快樂，綠色的眼影，一張適合做愛的嘴。「我可能開發出一種新的塑膠，可以用來做Q比娃娃，或者舷外馬達的潤滑劑……」

「或者毒氣？」牛頓拿到了他要的水，打開一個小銀盒，取出一顆藥丸。

「有何不可呢？」布萊斯接過他的馬丁尼，小心不讓酒灑出來。「總要有人來製造毒氣。」他呷了一小口，這杯酒太澀了，辣到他的喉嚨和舌頭，讓他的聲音整整提高了八度。「他們不是說我們需要毒氣一類的東西來防止戰爭嗎？這已經被證明了。」

牛頓說：「有嗎？你不是以某種方式研究過氫彈——去教書之前？」

「沒錯，你怎麼知道的？」

牛頓對他微微一笑——不是那種下意識的笑，而是一種真誠開心的笑。

「我找人調查過你。」

布萊斯又喝了一大口酒。「為了什麼？我的忠誠度？」

「哦……好奇。」牛頓停頓了一下，問道：「你為什麼要研究炸彈？」

布萊斯想了一會兒，然後嘲笑自己的處境：在吧檯間對一個火星人懺悔，不過這或許很適當也說不定。他說：「一開始我不知道它會是一個炸彈，在那段日子裡，我相信純科學，相信伸手可以摘下星星，相信原子的秘密，在這個雞飛狗跳的世界裡，那是我們唯一的希望。」他喝完了那杯馬丁尼。

「你不再相信那些東西了嗎？」

「不信了。」

另一個房間換了音樂，他隱約聽出是一首牧歌，韻律微妙，錯綜複雜，古老的複調音樂對他來說似乎有著天真爛漫的虛假暗示，或者的確是虛假的？藝術不是有分純真的和世故的嗎？還有腐敗的？科學不也是如此嗎？化學會比植物學更腐敗嗎？但事實並非如此，關鍵在於用途，在於目的……

牛頓說：「我想我也不信。」

布萊斯說：「我想再來一杯馬丁尼。」一杯好喝而毫無疑問腐敗的馬丁尼。他的腦海不知哪裡冒出了一句話：你們這些小信的人啊。[9]他心裡偷偷笑著，同時看著牛頓，他坐得直挺挺地喝著他的水。

第二杯馬丁尼對喉嚨的刺激沒那麼大，他又點了第三杯，反正是化學戰那傢伙買單。還是納稅人？這就要看你怎麼想了。他聳了聳肩，反正每個人都要為此買單——麻州和火星，每個地方的人都要買單。

「回到另一個房間去吧。」說著他端起新點的馬丁尼，小心翼翼地喝著，以免灑出來。他注意到他的襯衫袖口完全從大衣袖口露出來，像一條又寬又破的腕帶。

他們穿過門口進入大房間，一個矮胖的男人擋住了他們的去路，那人略帶醉意激動地說著話。布萊斯趕緊別過身去，期盼那人不要認出他。是愛荷華州彭德利大學的沃特．卡努蒂。

「布萊斯！」卡努蒂說：「真是想不到！納森．布萊斯！」

「你好，卡努蒂教授。」他尷尬地把馬丁尼移到左手，兩人握了握手。卡努蒂已經臉紅了，顯然喝了不少酒，他穿著綠色絲綢外套和棕褐色襯衫，襯衫領口有不引人注意的小褶邊，這身打扮對他來說太年輕了。撇開那張紅通通軟綿綿的臉不說，他看起來就像男性時尚雜誌封面上的模特兒。布萊斯竭力不讓聲音流露出厭惡，「真高興再見到你！」

卡努蒂疑惑地望著牛頓，布萊斯沒有別的辦法，只能介紹他們兩人認識。他結結巴巴說了名字，氣自己表現得那麼笨拙。

真要說的話，卡努蒂對牛頓的大名的印象，比另外那一個人，班奈狄克，更深刻。他雙手握著牛頓的手上下擺動，嘴裡說：「是，是，當然，

9 出自《馬太福音》。

世界企業，自通用動力公司以來最大的公司。」他大肆吹捧，好像希望為彭德利爭取一份豐厚的研究合約。每當研究合約正在醞釀時，看到教授向商人——他們私下談話的嘲笑對象——大獻殷勤，布萊斯就會感到恐懼。

牛頓喃喃自語，面帶微笑，最後卡努蒂鬆開了他的手，裝出一副稚氣的笑容，說：「好啊！」然後把胳膊搭在布萊斯的肩膀上，「好啊，往事如煙啊，阿森。」突然他似乎想到了一個念頭，布萊斯內心七上八下，卡努蒂看著布萊斯和牛頓兩個人說：「怎麼，你在世界企業工作嗎，阿森？」

他沒有回答，因為他知道接下來會發生什麼。

牛頓說：「布萊斯博士到我們這裡已經一年多了。」

「哇，我就……」卡努蒂褶邊領上的臉龐脹得通紅。「哇，真沒想到，為世界企業工作！」他那張胖嘟嘟的臉露出無法遏制的笑意，布萊斯一口氣喝完了馬丁尼，覺得自己可以隨時抬起腳後跟往他的臉踩下去。卡努蒂笑著笑著，笑聲變成了打嗝般的咯咯笑，他轉向牛頓說：「太有趣了，我一定要告訴你，牛頓先生。」他又笑了幾聲。「我想阿森不會介意，因為都過去了，但是你知道嗎？牛頓先生，阿森離開我們彭德利的時候，還在為一些他可能現在正在世界企業幫你做的東西煩惱不已呢。」

「真的嗎？」牛頓開口填補了停頓。

「但最好笑是這個。」卡努蒂伸出笨拙的手搭在布萊斯的肩上，布萊斯覺得自己恨不得咬掉那隻手，但他聽得入迷，著迷地聽著他知道即將要說出口的事。

「最好笑的是，我們親愛的阿森認為你用某種巫術製造所有這些東西，對吧，阿森？」

布萊斯說：「沒錯，巫術。」

卡努蒂哈哈一笑。「牛頓先生，我相信你知道，阿森是這個領域的頂尖人物，但也許他被沖昏了頭腦，居然以為你的彩色底片是在火星上發明的。」

「哦？」牛頓說。

「沒錯，火星或什麼地方，他當時是說『外星球』。」卡努蒂捏了捏布萊斯的肩膀，表示沒有惡意。「我敢說，他見到你之前，一定以為會見到一個長著三個腦袋的人。不然就是頭上頂著觸角。」

牛頓親切笑了，「真是有趣。」然後他看著布萊斯說：「對不起，我讓你失望了。」

布萊斯看向別處說：「完全沒有。」他的手在顫抖，他把酒杯放在桌上，將雙手硬塞進西裝外套口袋裡。

卡努蒂又開始說話了，談起他讀到的一篇雜誌文章，內容是關於世界企業和其對國民生產總值的貢獻。布萊斯突然打斷了他的話，「不好意思，我想再喝一杯。」他看也不看另外兩個人，轉身迅速回到吧檯間。

但是拿到酒後，他也不想喝了。吧檯對他來說變得難以忍受，酒保看上去不再顯得與眾不同，不過是個自命不凡的馬屁精。另一個房間傳來的音樂——現在是一首聖歌——緊張而尖銳。吧檯間人太多了，他們的聲音也太吵了，他環顧四周，彷彿陷入了絕望：男人個個衣冠楚楚，整潔體面，女人則像女妖。去死吧，他想，通通去死吧。他離開吧檯，留下那杯一滴也沒碰過的酒，堅定地走回大房間。

牛頓正在等他，獨自一人。

布萊斯直視他的眼睛，努力不讓自己退縮。他問：「卡努蒂人呢？」

「我告訴他我們要走了。」他聳了聳肩，做出布萊斯以前見過那種令人難以置信的法國人動作。「很討人厭吧？」

布萊斯抬頭看著他一會兒，看著他那難以捉摸的眼神，然後說：「我們走吧。」

他們默默地離開了，肩並著肩，一言不發走過鋪著厚毯的長廊，回到他們的房間。布萊斯拿出鑰匙開了門，兩人進去後，把門關上，他現在冷靜了，聲音很穩定，他說：「好，你是嗎？」

牛頓坐在床沿，疲憊地笑著對他說：「我當然是。」

沒有什麼可說的，布萊斯發現自己在喃喃自語，「天哪，天哪。」他在扶手椅上坐下來，盯著自己的腳。「天哪。」

他似乎在那裡坐了很久，盯著自己的腳。他早知道了，但聽到這句話的震驚完全是另一回事。

然後牛頓開口了：「想喝點什麼嗎？」

他抬起頭，突然笑了起來。「天啊，好。」

牛頓伸手拿起床頭的電話叫客房服務，點了兩瓶杜松子酒、苦艾酒和冰塊。他掛斷了電話說：「我們喝個痛快吧，布萊斯博士，這是個喝醉的好理由。」

服務生來之前，他們都沒有說話。服務生推著推車，送來了酒、冰塊和一壺馬丁尼。托盤上還有一個盤子，上頭有醃製珍珠洋蔥、檸檬皮和綠橄欖。還有一盤堅果。服務生離開後，牛頓說：「你能不能倒酒？我喝杜松子酒不加水。」他仍然坐在床沿上。

「好。」布萊斯站了起來，感覺頭重腳輕。「是火星嗎？」

牛頓的聲音似乎有些奇怪，還是只是因為他，布萊斯，喝醉了呢？「有差別嗎？」

「我認為有差，你來自這個……太陽系嗎？」

「是的，據我所知，沒有別的了。」

牛頓接過布萊斯遞給他的杜松子酒，若有所思地拿著。他說：「只有恆星，沒有行星，或者據我所知沒有。」

「沒有別的太陽系？」

布萊斯正在調製馬丁尼，他的手現在完全不抖了，他已經跨越某種危機，覺得再也沒有什麼東西能夠觸動他，能夠撼動他。他說：「你來多久了？」他一面攪拌，一面聽著冰塊敲擊壺身的碰撞聲。

牛頓說：「你的那杯還沒有攪拌夠嗎？最好喝了吧。」他拿起自己的酒喝了一口。「我已經在你們地球上待了五年。」

布萊斯停止攪拌，把酒倒進杯子裡。然後，他豪邁地扔了三顆橄欖進去，有幾滴馬丁尼濺到了推車的白色亞麻布罩子上，弄濕了一些地方。他說：「你打算留下來嗎？」這句話聽起來好像他身在巴黎的某咖啡館，向另一個遊客提出這個問題，牛頓的脖子上應該掛個相機才是。

「我是打算留下來。」

坐下來後，布萊斯發現他的視線在房間四處遊蕩，這是一間舒適的房間，淡綠色的牆壁上掛著無傷大雅的畫作。

他把目光重新集中在牛頓身上，來自火星的湯瑪士·傑羅姆·牛頓。他說：「你是人類嗎？」

牛頓的酒已經喝了一半，他說：「看你怎麼定義，不過我已經夠人類了。」

他準備問：對什麼來說夠人類？但沒有問，既然已經問了第一個問題，倒不如直接切入第二個大問題。他說：「你來這裡幹什麼？有什麼目的？」

牛頓站了起來，往杯子又倒了些杜松子酒，然後走到扶手椅前坐下。他看著布萊斯，纖細的手優雅地拿著杯子。他說：「我不確定是否知道自己在做什麼。」

布萊斯說：「不確定你是否知道？」

牛頓把杯子放在床邊的桌子上，脫起鞋來。「一開始我以為我知道我來這裡做什麼，但是頭兩年我很忙，非常忙，過去的這一年，我有更多的時間思考，恐怕是太多時間了。」他把鞋子整齊排放在床底下，然後長腿往床單一伸，人靠到了枕頭上。

他擺出那種姿勢，看起來確實是夠像人類的了。「造船是為了什麼？那是船吧？不只是一個探索裝置吧？」

「是船沒錯，準確地說，是一艘接駁船。」

和卡努蒂說話之後，有一段時間布萊斯很震驚——一切似乎都不真實。但現在他開始重新掌握了狀況，住在心裡的那個科學家開始展露權威。他放下杯子，決定不再喝了，保持頭腦清醒很重要，不過他放下酒杯的手在顫抖。

「那麼你是打算把更多你的……同胞帶到這裡來？用船送來？」

「沒錯。」

「這裡還有你們的人嗎？」

「只有我。」

「可是為什麼要在這裡造你的船？不用說，在你來的地方一定已經有船了，你自己都來了。」

「沒錯，我來了，但我搭的是單人飛船。你知道的，問題在於燃料，燃料只夠我們之中一個人使用，而且只夠單趟使用。」

「原子燃料？鈾還是什麼？」

「沒錯，那是當然的，但我們幾乎什麼都沒有了，我們也沒有了石油、煤炭或水力發電。」他微微一笑。「船可能有數百艘，比我們在肯塔基州造的那艘要好得多，但沒有辦法讓它們飛到這裡來，用你們的時間來算，已經有五百多年沒有一艘使用過。我坐的那艘原先根本不打算當成星際飛船，它最初的設計是應急之用──是救生艇。我著陸後，引擎和控制裝置都毀了，船體留在一塊田裡。我在報紙上看到，有一個農夫收取五十分門票開放參觀，他把它放在一個帳篷裡，還賣汽水，希望他過得不錯。」

「這樣不會有危險嗎？」

「我有可能被聯邦調查局或誰發現嗎？我想不會的，最糟糕的情況是週日副刊說什麼可能有外星人入侵的無稽之談，但對於週日副刊的讀者來說，還有比肯塔基州發現宇宙飛船船體更令人驚訝的奇聞異事，我想沒有哪個重要人物會把它當一回事。」

布萊斯細細地看著他。「『外星人入侵』只是『無稽之談』嗎？」

牛頓解開襯衫領口的鈕子，「我想是的。」

「那麼你的人為什麼要來這裡？來觀光？」

牛頓笑了。「不算是，我們也許能幫助你們。」

「怎麼幫？」不知為何，他不喜歡牛頓說這話的語氣。「怎麼幫助我們？」

「我們也許能夠拯救你們，讓你們不至於自我毀滅，如果我們動作夠快的話。」正當布萊斯要說話時，他又說：「讓我說一會兒吧，我想你不知道談論這件事給我帶來多大的樂趣——終於能夠說了。」上床後，他沒有再拿起杯子，而是將雙手疊在肚子上，溫和地看著布萊斯，繼續說道：「我們有過自己的戰爭，你要知道，比你們有過的戰爭還要多上許多，我們只是勉強從戰爭中活了下來。我們大部分的放射性物質都用在那裡，製成了炸彈。我們曾經是一個非常強大的種族，非常強大，但那是很久以前的事了，現在我們只能勉強生存。」他低頭看著自己的手，似乎在思索著什麼。「奇怪的是，你們大多數關於其他星球上的生命的想像文學作品，總是假設每個星球上只有一個聰明的種族，一種社會類型，一種語言，一個政府。在安西亞上——我們的名字是安西亞，當然不是你們天文學書上的名稱——我們曾經同時有過三個高智商物種、七個主要政府，現在只剩下一個物種了，那就是我自己的。在五場使用放射性武器的戰爭之後，我們倖存下來，我們人數不多，但我們對戰爭非常了解，我們有大量的技術知識。」牛頓仍然盯著他的手，聲音變得非常單調，好像在背誦一份事先擬妥的演講稿。「我來這裡五年了，我擁有的財產價值超過三億美元。再過五年，這個數字會變成兩倍，而這只是一個開始。如果計畫得以實施，世界上每個主要國家最終都將出現相當於世界企業的企業，然後我們會進入政治領域。還有軍事。我們懂得武器和防禦，你們的武器和防禦還很粗陋。例如，我們可以讓雷達失效——當我的船登陸時，這一點非常必要，當接駁船返回時更有必要。我們還可以打造一個能源系統，防止你們任何核武器在五英里範圍內爆炸。」

「這就夠了嗎？」

「我不知道，但我的上級並不傻，他們似乎認為這是可以做到的，只要我們讓我們的設備和知識維持在我們自己的控制之下，在甲地建立一個小國的經濟，在乙地購買關鍵的大量糧食，在丙地開創一個工業，給一個國家武器，幫助另一個國家防禦它……」

「但是，該死的，你們並不是神。」

「我們不是，但你們的神以前救過你們嗎？」

「我不知道，沒有，當然沒有。」布萊斯想點支菸，點了三次才點著，他的手怎樣都無法保持穩定。他深深地吸了一口菸，試圖讓自己冷靜下來。他覺得自己有點像是一個大二的學生，為了人類的命運爭論不休，但這並不完全是抽象的哲學思考。他說：「難道人類沒有權利選擇自己的毀滅方式嗎？」

牛頓等了一會兒才開口，「你真的相信人類有這樣的權利？」

布萊斯在身邊的菸灰缸按熄只抽了幾口的菸。「相信，不，我不知道。難道沒有人類命運這種東西嗎？實現自我的權利，活出自己的生活，承擔自己的後果？」說到這裡，他突然意識到牛頓是與──哪裡？──安西亞唯一的聯繫，如果消滅牛頓，這個計畫就無法實施，一切都將結束。牛頓很脆弱，非常脆弱。這個想法使他著迷了一會兒，他，布萊斯，可能是英雄中的大英雄──一個可以用重重一拳拯救世界的人。這個想法應該非常有趣，但事實並非如此。

牛頓說：「也許有所謂的人類命運，不過我寧願想像它類似於旅鴿的命運，或者是那些大腦很小的大型動物的命運──我想它們叫做恐龍吧。」

這似乎有點自視太高了。「我們不一定會滅絕，裁軍問題正在談判，不是所有的人都瘋了。」

「但你們大多數人都瘋了，你們瘋了的人夠多了──只要在正確的地方有幾個瘋狂的人，假設你們的希特勒擁有核聚變炸彈和洲際導彈？難道他不會不顧後果使用它們？他最後已經沒有什麼好失去。」

「我怎麼知道你們安西亞人不會變成希特勒？」

牛頓望著遠方。「有可能，但可能性不大。」

「你來自一個民主社會嗎？」

「我們在安西亞沒有類似於民主社會的東西，我們也沒有民主的社會機構，但我們無意統治你們，即使我們可以做到。」

布萊斯說：「如果你打算讓一群安西亞人操控全地球的人類和政府，那你會說這叫做什麼？」

「我們可以照你剛才所說的方式稱呼它——操控，或者指導，可能行不通，它可能根本就行不通。你們可能會先把你的世界炸得粉碎，或者你們可能會發現我們，然後開始一場政治迫害——你也知道，我們很脆弱。或者，即使我們得到了大量的權力，也不能控制每一個意外，不過我們可以降低出現希特勒的機率，我們可以保護你們的主要城市不受破壞，而這一點——」他聳了聳肩，「超越了你們的能力。」

「你們想這樣做只是為了幫助我們？」布萊斯聽出自己語氣中的諷刺，希望牛頓沒有注意到。

如果牛頓注意到了，也沒有做出任何反應。「當然不是，我們來這裡是為了拯救自己，但是——」他笑了笑，「我們不希望在我們定居後印第安人把我們的保留地燒掉。」

「你們要拯救自己什麼？」

「滅絕。我們幾乎沒有水，沒有燃料，沒有自然資源。我們的太陽能很弱——因為我們離太陽很遠——我們還有大量的食物儲備，但它們正在減少，活著的安西亞人不到三百人。」

「不到三百人？天啊，你們快讓自己滅亡了！」

「的確如此，我想，如果我們不來，你們不久也會滅亡。」

他說：「也許你們應該來，也許你們是應該來。」布萊斯感到喉嚨裡一陣緊縮。「但是，在這艘船完成之前你要出了什麼事，那不就完了嗎？」

「沒錯，那樣就結束了。」

「沒有燃料給另一艘船？」

「沒有燃料。」

「那麼——」布萊斯感覺自己很緊張，他說：「我可以怎麼阻止這一切——這個入侵，或操控？我不應該殺了你嗎？你非常脆弱，根據貝蒂・喬告訴我的，我猜你的骨頭就像鳥骨。」

牛頓的表情波瀾不驚。「你想阻止嗎？你說得很對，你可以把我的脖子像雞脖子一樣扭斷，你想嗎？現在你知道我的名字叫朗普斯金，你還想把我趕出宮殿嗎？」

「我不知道。」他看著地板。

牛頓的聲音很輕。「朗普斯金確實把稻草織成了金子。」

布萊斯抬起頭來，突然很生氣。「沒錯，他還想偷走公主的孩子。」

牛頓說：「沒錯，但如果他沒有把稻草織成金子，公主早死了，根本就不會有孩子。」

布萊斯說：「好吧，我不會為了拯救世界扭斷你的脖子。」

牛頓說：「知道嗎？我現在幾乎希望你會，這樣對我來說事情會簡單許多。」他停頓了一下。「但你做不到。」

「為什麼我做不到？」

「我來到你的世界，並不是沒有會被發現的心理準備，雖然我沒料到會把我告訴你的事告訴任何人，但是有很多事情我都沒有想到。」他又低頭看著自己的手，好像在檢查指甲。「不管怎樣，我有武器，我隨身帶著武器。」

「安西亞的武器？」

「對，一種非常有效的武器，你不可能走過地板來到我的床前。」

布萊斯快速倒抽了一口氣。「它的原理是什麼？」

牛頓咧嘴一笑，說道：「梅西百貨會告訴金博爾百貨嗎？我可能還得用它來對付你。」

牛頓剛才說話的方式——不是這句話本身的諷刺或偽善，而是話中一些小小的奇怪之處——提醒了布萊斯，他畢竟不是在跟人類說話。牛頓所假設的人類表象可能只是這樣，只是一個非常薄的表面，這個表面之下無論是什麼——牛頓的本質，他特別像安西亞人的本性——對他，布萊斯，或對地球上的任何人來說，可能都是不可觸及的。牛頓實際感受或思考的方式可能超出他的理解範圍，對他來說遙不可及。

「不管你的武器是什麼，我希望你不必用它。」他現在說話更小心了，然後又看了看四周，看了看這個大飯店的房間，看了看幾乎沒有動過的下酒菜，又看了看躺在床上的牛頓。他說：「天啊，真是難以置信，難以相信我坐在這個房間裡，和一個來自另一個星球的人交談。」

牛頓說：「沒錯，我自己也這麼想，你要知道的，我也在和一個來自另一個星球的人交談呢。」

布萊斯站起來伸了個懶腰，走到窗前拉開窗簾，低頭望著街道，滿街的車頭燈幾乎都紋絲不動。飯店正對面有一塊巨大發光的廣告牌，畫著聖誕老人在喝可口可樂，一串串閃爍的燈泡讓聖誕老人的眼睛閃閃發光，汽水也跟著閃耀不定。在某個地方，布萊斯隱隱約約聽到排鐘在演奏〈齊來崇拜歌〉。

他回頭看牛頓，他沒有動。「為什麼要告訴我？你沒有必要告訴我。」

「我就是想告訴你。」他微微一笑。「這一年來，我一直都不確定自己的動機，我不確定為什麼要告訴你。安西亞人未必什麼都知道。總之，你早知道了我的事。」

「你是在說卡努蒂說的那些話嗎？那只是我在瞎猜罷了，可能根本就沒什麼。」

「我想的不是卡努蒂教授說的話，雖然我覺得你的反應很有趣，當他說到『火星』的時候，我還以為你要中風了呢，但他的話是逼了你攤牌，而不是逼我。」

「為什麼沒有逼你？」

「唔，布萊斯博士，你和我之間有許多幾乎察覺不到的相異之處，其中一個差異就是我的視力比你的要敏銳許多，它的有效頻率範圍也高得許多，因此我不能看到你們所說的紅色，但我可以看到 X 光。」

布萊斯張嘴想說話，但後來什麼也沒說。

牛頓說：「一旦看到了閃光，也就不難判斷你在做什麼。」他帶著詢問的眼神看著布萊斯。「片子拍得怎麼樣？」

布萊斯覺得自己很傻，像一個中了圈套的小學生。「片子……令人驚嘆。」

牛頓點點頭。「我可以想像，如果你能看到我的內臟，你也會有些驚喜。我去過一次自然歷史博物館，紐約的那間，對於一個……一個遊客來說，那是一個非常有趣的地方，我在那裡突然想到，我是建築中唯一真正獨特的生物標本，我可以想像自己泡在一個罐子裡，貼著『外星人』的標簽。我立刻轉頭就走。」

布萊斯不禁笑了。而牛頓，既然他已經承認了，反而顯得豁達，但矛盾的是，也似乎更「有人性」，因為他已經清楚地表明，他其實不是一個人類。他的表情比布萊斯見過的都要豐富，他的舉止也更放鬆，但仍有一絲另一個牛頓的影子，一個徹頭徹尾的安西亞人牛頓，一個難以接近的外星人。布萊斯說：「你打算回到你的星球去嗎？搭那艘船？」

「沒有必要，船會從安西亞操控，我恐怕將永久流亡在這裡了。」

「你想念你的……你自己的同胞嗎？」

「我想念他們。」

布萊斯走回他的椅子上，再次坐下來。「不過你不久就會見到他們了吧？」

牛頓猶豫了一下。「也許吧。」

「為什麼是也許？可能出什麼問題嗎？」

「我沒有考慮過那方面。」然後牛頓又說：「我剛才告訴過你，我根本不確定我在做什麼。」

布萊斯不解地看著他，「我不明白你在說什麼。」

「哎。」牛頓淡淡一笑，「有一段時間，我一直在考慮不要完成計畫，不把船送去任何地方——甚至不完成建造。這只需要一個命令。」

「天啊，為什麼？」

「哦，這個計畫孤注一擲，但也是很聰明，不然我們還能怎麼辦呢？」

牛頓看著他，但似乎又對他視而不見。「然而，我對它的最終價值起了一些懷疑。關於你們的文化、你們的社會，有些東西我們在安西亞並不知道，你知道嗎，布萊斯博士——」他在床上換了個位置，向布萊斯靠得更近一些。「有時候我想再過幾年我就瘋了，我不確定我的人能不能忍受你們的世界，我們已經待在象牙塔裡很久了。」

「但你們可以讓自己與世界隔離，你們有錢，你們可以和自己人待在一塊，建立自己的社會。」他在做什麼——替安西亞人的……入侵辯護？這件事剛剛才嚇呆了他？「你們可以在肯塔基州建立自己的城市。」

「然後等著炸彈落下嗎？我們在安西亞會過得更好，在那裡至少我們可以再活五十年。如果我們要在這裡生活，不會是在這裡建立一個孤立的畸形人殖民地，我們必須分散到你們整個世界，把自己放在有影響力的位置上，否則我們來這裡就是做了蠢事。」

「無論你做什麼，都要冒很大的風險，如果你害怕與我們密切接觸，就不能賭我們會解決自己的問題吧？」他露出挖苦的笑。「別客氣，做你想做的吧？」

「布萊斯博士。」牛頓的臉上不再有笑容，他說：「我們比你們聰明許多，相信我，我們比你想像的要聰明得多。而且我們確信，如果丟著你們不管，你們的世界將在三十年內變成一堆原子瓦礫。」他冷酷地繼續往下說：「老實說，看到你們要對這麼美麗富饒的世界做什麼，我們非常沮喪，我們很久以前毀掉了我們的世界，不過我們原本所擁有的就比你們少得多。」他的聲音現在似乎很激動，態度更加熱切。「你們是否意識到，你們不只破壞你們的文明，扼殺大部分的人，還毒害河裡的魚、樹上的松鼠、天空的鳥群，污染土地，污染水嗎？有時，在我們眼中，你們就像在博物館裡遊蕩的猿猴，拿大刀亂砍畫布，用榔頭砸壞雕像。」

布萊斯沉默了片刻，然後說：「但是畫這些畫、雕這些像的都是人啊。」

牛頓說：「只有幾個人，少數幾個人。」突然他站了起來，說道：「我想我已經受夠了芝加哥，你想回家嗎？」

「現在？」布萊斯看手錶，天啊，已經半夜兩點半，聖誕節過去了。

「你想你今晚會睡嗎？」牛頓說。

他聳了聳肩，「我看是不用睡了。」然後他想起貝蒂．喬說過的話，「你從來不睡覺，是不是？」

牛頓說：「有時會，但我不常睡覺。」他在電話旁坐下來，「我得叫醒我們的飛行員，還需要一輛車送我們去機場……」

車子很難叫，他們直到四點鐘才到機場。這時布萊斯開始覺得頭暈，聽到微弱的耳鳴。牛頓沒有表現出疲憊的跡象，臉龐像往常一樣，看不出他可能在想什麼。

請求起飛許可的過程中，出現一些混亂和幾次延誤，最後好不容易起飛了，當他們飛到密西根湖上空時，粉紅色的柔和朝霞已經逐漸顯露了。

飛到肯塔基時，天已亮了，是一個晴朗冬日的開始。準備降落時，他們首先看到的是熠熠閃亮的船身——牛頓的接駁船——在晨曦下，它好像一座擦得錚亮的紀念碑。到了機場上空，他們看到了一件令人吃驚的東西。

在跑道的盡頭，牛頓的飛機棚旁邊，優雅地停著一架漂亮的流線型白色飛機，比他們乘坐的飛機大上一倍，機翼上有美國空軍的標誌。牛頓說：「啊，不知道是誰來看我們了。」

走去單軌列車的路上，他們必須經過那架白色飛機，經過時，布萊斯情不自禁地被它的美麗所打動——比例細膩，線條優美。他說：「如果我們所有東西都做得那麼漂亮就好了。」

牛頓也在看飛機，他說：「但你們沒有。」

他們坐上了單軌列車，一路無語。布萊斯的手腳因為缺乏睡眠而疼痛，但他的腦子裡充滿了清晰快速的圖像、點子和半成形的想法。

他本來應該回自己的房子，不過牛頓邀他進屋子吃早餐，他接受了，這比他自己找食物吃要容易得多。

貝蒂．喬已經起床，她穿著一件橙色和服，頭髮包著絲綢頭巾。她面帶憂色，眼睛泛紅，眼底是浮腫的。她打開門說：「牛頓先生，來了幾個男人，我不知道……」她的聲音逐漸低了下去，他們從她的身邊走過，進入客廳。椅子上坐著五個人，牛頓和布萊斯進去時，他們迅速站起身來。

布林納德在這群人之中，另外還有三個穿商務西裝的人，第四個穿藍色制服，顯然是空軍飛機的飛行員。布林納德一板一眼，以極有效率的方式介紹他們。介紹完畢後，牛頓仍然站著，說道：「你等了很久了嗎？」

布林納德說：「不，不，事實上，我們讓你在芝加哥機場耽擱到我們到達這裡為止，時間安排得非常好，希望你沒有因為在芝加哥的耽擱而感到太多不便？」

牛頓沒有表現出任何情緒。「你是怎麼做到的？」

布林納德說：「是這樣的，牛頓先生，我是聯邦調查局的人，這些人是我的同事。」

牛頓的聲音有些遲疑。「非常有趣，我想這麼一來你就是一個……一個間諜？」

「我想是的，總之，牛頓先生，我被交代要逮捕你，把你帶走。」

牛頓深深吸了一口氣，非常緩慢，非常像人類。「你為什麼要逮捕我？」

布林納德露出禮貌的笑容。「你被指控非法入境，我們相信你是一個外來人士，牛頓先生。」

牛頓站著沉默了良久，然後說：「請問我可以先吃早餐嗎？」

布林納德猶豫了一下，然後笑了，笑得出奇地親切。他說：「有何不可呢？牛頓先生，我想我們自己也可以吃點東西，為了進行這次逮捕行動，他們今天早上在路易斯維爾四點就起床了。」

貝蒂．喬為他們準備了炒蛋和咖啡。他們用餐時，牛頓隨口問道，他是否可以打電話給他的律師。

布林納德說：「恐怕不行。」

「這難道不是憲法所賦予的權利嗎？」

「沒錯。」布林納德放下咖啡杯。「但你不具任何憲法權利，我說過了，我們認為你不是美國公民。」

6

牛頓放下了書，醫生過幾分鐘就來了，反正他也不想看書。在被軟禁的這兩個星期裡，除了讀書，他幾乎什麼也沒做。而要看書，則只能在沒有博士——物理學家、人類學家、精神病學家——或穿著保守西裝的政府官員來詢問或檢查他的時候，但他詢問他們是誰時，他們從不告訴他。他重讀了史賓諾沙、黑格爾、斯賓格勒、濟慈和《新約》，目前正在閱讀幾本語言學新書。他要什麼，他們就給他什麼，很快就送來，而且相當客氣。他也有一架很少使用的電唱機，一個電影資料庫，一台世界企業的電視，以及一個吧檯，但沒有能夠看得到華盛頓的窗戶。他們告訴他，他身在那個城市附近的某處，只是沒有具體說明他離那裡有多近。他晚上看電視，有幾分是因為懷舊，有時則是出於好奇。他的名字有時候會出現在新聞節目上——像他這樣富裕的人遭到政府逮捕，不可能不引起公眾注意，但報導內容總是含糊不清，出自不具名的官方消息來源，並使用了「疑雲」一類的字眼。有消息指稱，他是一個「未登記的外來人士」，但沒有任何政府消息來源明確指出他是哪裡人——或者他們認為他來自哪裡。一位以冷嘲熱諷著稱的電視時事評論人惡毒地說：「不管華盛頓方面會說什麼，但我們必須假定，現在受到監視和拘留的牛頓先生，不是來自外蒙古，就是來自外太空。」

他也知道他在安西亞的上級會監聽這些節目，想到他們獲悉他的境況時的驚慌失措，想到他們急於想知道究竟發生了什麼，他便覺得有些好笑。

嗯，他自己也不知道究竟發生了什麼，政府顯然對他非常懷疑——根據布林納德在他擔任秘書的一年半時間裡所提供的情報，他們怎麼能夠不懷疑呢？況且布林納德是他這個計畫的得力助手，肯定在組織的各個部門安插了大量間諜，所以政府應該掌握了關於他的活動與計畫本身的大量情報。但是有些事他瞞著布林納德，他們不太可能知道。儘管如此，他仍舊無法確認他們到底有什麼目的，有時他想，如果他告訴來問話的人，「其實我來自外太空，我打算征服世界」，那會發生什麼呢？可能會引發有趣的反應，但信以為真很難會是其中一個反應。

有時他想知道世界企業發生了什麼事，他現在完全與它斷了聯繫。法恩斯沃斯還在經營嗎？牛頓沒有收到郵件，也沒有接到電話，客廳裡有一具電話，但從來沒有響過，他也不許用它撥打外線電話。電話是淺藍色的，放在一張紅木桌上，他試過幾次，但拿起話筒後總有一個聲音——顯然是錄音——說：「非常抱歉，這個電話限制使用。」那聲音悅耳動聽，嬌滴滴的，很矯揉造作，從不說電話的功能限制在什麼範圍內。有時，當他感到孤獨，或者有點醉了時——他喝得沒有以前那麼多，因為肩上的壓力減輕了——他會拿起聽筒，只為了聽到那個聲音：「非常抱歉，這個電話限制使用。」聲音非常平穩，暗示著無限的禮貌，也暗示著某種模糊的電子設備。

醫生照常準時出現，警衛在十一點整讓他進來。他提著袋子，由一個護士陪同，護士故意板著臉，那副表情彷彿在說：「我不管你死於什麼，我只打算有效地完成我的工作。」她有一頭金髮，以人類標準來說是個美女。醫生的名字叫馬丁尼茲，是一位生理學家。

牛頓說：「早安，醫生，有什麼我能為你做的事嗎？」

醫生故作從容地笑了笑。「另一項測試，牛頓先生，另一項小小的測試。」他有一口淡淡的西班牙口音，牛頓頗為喜歡他，他不像他必須打交道的大多數人那樣一本正經。

牛頓說：「關於我的事，我想你已經知道你想知道的一切了，你拍了X光片，採集我的血液和淋巴，記錄我的腦電波，測量我，還從我的骨頭、肝臟和腎臟直接取樣，我想我不會再給你什麼驚喜了。」

醫生搖了搖頭，給牛頓一個敷衍的笑容。「誰知道我們發現你……很有趣，你有一套相當難以置信的器官。」

「我是畸形人，醫生。」

醫生又笑了，但笑聲很緊張。「我不知道要是你得了闌尾炎或什麼病，我們該怎麼辦，我們幾乎不知道該檢查哪裡。」

牛頓對他微微一笑，「你們不必費心，我沒有闌尾。」他向後靠在椅子上。「不過我想你還是會做手術的，你也許會很高興把我開膛剖肚，看看你能發現些什麼新奇的東西。」

醫師說：「哦，我不知道，事實上，是在數完你的腳趾之後，我們了解到關於你的第一件事，就是你沒有蚯蚓狀的闌尾。事實上，你有很多東西都沒有，我們一直使用相當先進的設備，你是知道的。」然後他突然轉向護士，「格裡格斯小姐，能不能給牛頓先生注射甯布卡因？」

牛頓皺起眉頭說：「醫師，我告訴過你，麻醉劑對我的神經系統沒有作用，只會讓我頭痛，如果你要對我做一些讓我痛苦的事，沒有必要讓它更加痛苦。」

護士完全不理會他，開始準備皮下注射器。馬丁尼茲露出高高在上的笑容，這個笑容顯然是保留給笨拙地努力理解醫學慣例的患者。「也許你不知道，如果我們不用麻醉劑，這些東西會有多痛。」牛頓開始憤怒了，在過去的幾個星期裡，他有一種感覺變得非常強烈，那就是自己是一個被好奇自負的猴子包圍著的聰明人，當然，只是被關在籠裡的人是他，而猴群來來去去，檢查他，裝得一副聰明的模樣。他說：「醫生，你沒有看到我的智力測驗的結果嗎？」

醫生打開他放在桌上的公事包，取出幾張表格，每張都清楚地印著「最高機密」。「智力測驗不在我的職責範圍之內，牛頓先生，而且你可能知道，所有這些資料都是最高機密。」

「沒錯，但你知道的。」

醫生清了清嗓子，開始填寫一張表格，像是日期、檢查類型等等。「嗯，是有一些謠言。」

牛頓現在很生氣。「我猜也是，我想你也知道我的智商是你的兩倍吧，你就不能相信我知道局部麻醉對我到底有沒有效嗎？」

「我們已經仔仔細細研究過你的神經系統排列，似乎沒有理由說甯布卡因對你……不像對任何人一樣有用。」

「也許你對神經系統的認識並沒有你所以為的那麼多。」

「可能吧。」醫生填完表格，用鉛筆當紙鎮壓著。一個多餘的紙鎮，因為這裡沒有窗戶，也沒有一絲的風。「可能吧，但還是一樣，這不在我的職責範圍之內。」

牛頓瞥了護士一眼，護士已經準備好了針頭，似乎竭力表現出對他們的談話毫無所察。他好奇地想了一下，他們如何讓這些人對他們稀奇古怪的囚犯的事保持沉默，讓他們遠離記者——或者還要避免和朋友打橋牌。也許政府把所有研究他的人都隔離起來，但這不容易，而且不好處理。不過他們顯然為他費盡了心思，他覺得頗為可笑，在為數不多知道他的特殊特點的人之中，他一定成了某些異想天開的理由。

他問：「你的職責範圍是什麼，醫生？」

醫生聳聳肩。「主要是骨骼和肌肉。」

「聽起來是很愉快的工作。」醫生從護士手中接過針，牛頓順從地捲起了襯衫袖子。

醫生說：「你最好把襯衫脫了，這次我們要檢查你的背。」

他非但沒有抗議，還開始解開襯衫的釦子，解到一半時，他聽到護士輕輕倒抽了一口氣。他抬頭看著她。看樣子他們沒有告訴她太多，因為她正小心翼翼盡量不去盯著他沒有胸毛乳頭的胸部。他們自然早已發現他的偽裝，他也就不再穿戴那些東西了。他很好奇，如果護士靠近他，注意到他的瞳孔，會有什麼反應。

他脫掉襯衫後，護士往他脊柱兩側的肌肉打針，她試圖動作溫柔一些，但他還是覺得很痛。打完針結束後，他說：「現在你要做什麼？」

醫生在表格上記下注射的時間，然後說：「首先，我要等二十分鐘，讓甯布卡因……發揮藥效，然後從你的脊椎骨抽取樣本。」

牛頓不出聲看了他一會兒，然後說：「你還是不懂嗎？我的骨頭裡沒有骨髓，它們是空心的。」

醫生眨了眨眼。他說：「欸，一定有骨髓，血液中的紅血球——」

牛頓不習於打斷他人說話，但這次他打斷了。「我不知道什麼紅血球和骨髓，我對生理學的了解可能和你一樣多，但我的骨頭裡沒有骨髓。而且我不能說我喜歡接受你們讓人覺得痛苦的探查，以便你們——或者你們的什麼上級——能夠滿足自己對於我的……特殊性的認識。我告訴過你很多次，我是一個變種人——一個怪胎，你就不能相信我的話嗎？」

醫生說：「抱歉。」他看上去好像確實很抱歉。

牛頓盯著醫生的頭看了一會兒，好像看到梵谷的《白羊座的女人》的拙劣複製品，美國政府和一個白羊座的女人有什麼關係呢？他說：「希望有一天我能見見你的上級，在我們等待你那無效的甯布卡因起作用的時候，我想試試我自己的麻醉劑。」

醫生面無表情。

牛頓說：「杜松子酒，杜松子酒加水，要陪我喝一杯嗎？」

醫生不由自主地笑了，所有優秀的醫生都會對病人說的俏皮話報以微笑——即使是忠誠度確認無疑的生理學研究學者也應該微笑。他說：「不好意思，我還在值班。」

牛頓驚訝自己居然會惱怒，他還以為自己喜歡馬丁尼茲醫生這個人。「別這樣，醫生，我肯定，在你的……職責範圍，你是一個收費非常昂貴的醫師，辦公室有一個紅木裝飾的吧檯。我可以向你保證，我不會給你多到讓你在檢查我的脊椎時手會發抖的酒精。」

醫生說：「我沒有辦公室，我在實驗室工作，我們通常不會在工作時間喝酒。」

出於某種無法解釋的原因，牛頓盯著他，「對，我想你不會。」他看著護士，但當她明顯地心慌準備要開口說話時，他說：「我想你也不會，規定嘛。」然後他站了起來，對著他們笑了笑。「我一個人喝吧。」比他們高大的感覺真不賴。他走到角落裡的吧檯，給自己斟了滿滿一杯杜松子酒，他決定不加水了，因為在他說話的時候，護士在桌子上鋪了一塊布，擺出一套器械，有幾根針，一把小刀，還有一些夾子，都是不鏽鋼做的，閃爍著美麗的光芒……

✦

醫生和護士走後，他在床上趴了一個多小時。他沒有再穿上襯衫，除了繃帶之外，背部仍舊裸露在外。他微微發冷——這對他是一種異常的感覺——但他並沒有設法找東西蓋住身體。劇痛持續了幾分鐘，現在已經過去了，但疼痛和先前的恐懼將他弄得筋疲力盡。從孩提時代起，他就會為即將到來的痛苦而害怕。

他突然想到，他們也許知道他們給他帶來的痛苦，也許他們正在用某種拙劣的方式給他洗腦，折磨他，希望讓他精神崩潰。這個想法非常可怕，因為如果確實如此，他們才剛剛開始。但這是非常不可能的。儘管以持久冷戰為藉口，儘管民主國家在這種時期容忍了真正的暴政——但他們要想僥倖不受指責還是太困難了。這一年是選舉年，已有一些競選演說暗指執政黨施行高壓手段，有一次這樣的演講提起了他的名字，用了好幾次「粉飾」一詞。

讓他接受痛苦的身體檢查，唯一合乎邏輯的理由，一定是出於某種形式的官僚主義的好奇心。也許他們的理由是想確認他不是人類，證明他確實是他們一定懷疑過的東西——懷疑過，但又不能承認，因為非常荒謬。

如果這就是他們的思路——很可能就是——那麼他們從一開始就犯了非常明顯的錯誤，因為不管他們能找到什麼非人類的特徵，說他是人類生理上的異常，是一個突變、變種、怪胎，總比說他來自其他星球更可信；不過他們似乎並沒有看出這個問題。他們希望在細節上發現什麼他們以前大致不知道的東西呢？他們能證明什麼呢？最後，如果證據確鑿，他們又能做什麼呢？

不過他也不怎麼在意——不在意他們發現了他的什麼，甚至也不怎麼關心二十年前在太陽系另一個地方構想的那個古老的計畫怎麼了。他沒有多加思索，直接猜想一切都已結束了，他只覺得如釋重負。他最關切的事情是，他們完成他們的地獄式實驗、檢查和提問，然後就別再來煩他了。像這樣被囚禁，對他來說不是問題——在很多方面，這比自由更符合他的生活方式，更順他的心意。

7

ＦＢＩ很客氣，也很溫和，但經過兩天毫無意義的提問，布萊斯深感疲倦，他感受到他們的禮貌背後藏著輕蔑，但他累到甚至無法憤慨。如果他們在第三天還不釋放他，他覺得自己可能會崩潰，但他們並沒有對他施加任何明顯的壓力，事實上，他們似乎認為他並不重要。

第三天早上，那人像往常一樣到ＹＭＣＡ基督教青年會接他，開車送他經過四個街區，來到辛辛那提市中心的聯邦大廈。基督教青年會是他疲憊的原因之一，如果他認為ＦＢＩ有充分的想像力，會相信自己被安排住在基督教青年會，為的是故意讓他感到沮喪，因為公用房間裡充滿了歡快但凋敝的氣氛，還有骯髒的橡木家具，無數無人翻閱的基督教小冊子。

這次這人把他帶到聯邦大樓一個新房間，裡頭很像牙醫診所，技術員給他注射了皮下注射器，測量他的心跳和血壓，甚至給他的頭骨拍了Ｘ光片。為什麼要做這些事呢？有人解釋全是為了「例行的身分識別程序」。布萊斯想不出來他的心跳速度與他的身分有什麼關聯，但知道最好還是別問。然後，他們突然結束了，帶他過來的人告訴他，聯邦調查局認為他可以走了。布萊斯看了一眼手錶，早上十點半。

他離開房間，沿著走廊往大門走去，這時又受到一次衝擊。一個女看守帶著一個人要進入他剛剛走出的房間，是貝蒂・喬。她對他微微一笑，但什麼也沒說，女看守催促她快走，她從他的身邊進入了房間。他很訝異自己的反應，雖然疲憊不堪，但一見到了她，就感到一股興奮從肚子湧起，那是一種喜悅——尤其是在聯邦調查局這條荒謬沉悶嚴肅的走廊裡，看到了表情真誠身形豐腴的她。

出了大樓，在十二月寒冷的陽光下，他坐到台階上等待她出來。快到中午時，她來了，笨重羞澀地坐在他身邊。在冰冷的空氣中，她身上散發出的香水似乎是溫暖的——強烈而甜蜜。一個精神矍鑠的年輕人提著公事包，邁著大步走上台階，假裝沒見到他們坐在那裡。布萊斯轉向貝蒂・喬，驚訝地發現她的眼睛浮腫，像剛剛哭過似的。他緊張地看了她一眼，「他們把妳關在哪裡？」

「YWCA基督教女青年會。」她打了個寒顫。「我不太喜歡那裡。」

他們把她送到那裡合情合理，但他沒想到。「我在另一個地方，YM，他們對妳怎麼樣？我是說FBI的人。」YMCA、FBI——使用這些縮寫似乎很愚蠢。

「還算可以吧。」她搖了搖頭，濡濕嘴唇，布萊斯喜歡她這個動作；她的嘴唇飽滿，沒塗口紅，現在卻讓冷空氣吹紅了。「但他們當然問了很多問題，關於湯米的問題。」

不知怎的，提起牛頓讓布萊斯尷尬，他當下並不想談論那個安西亞人。她似乎察覺到他的尷尬——或者同樣也感到尷尬，頓了一下後說：「要去吃午餐嗎？」

「好主意。」他站起來拉緊大衣，然後俯下身子，把她的雙手握在手中，拉著她站起來。

運氣很好，他們找到一家好吃又安靜的餐館，兩人吃了一頓飽餐，全是天然食物，沒有合成食物，餐後甚至還有真正的咖啡可以喝，雖然一杯要三十五美分，不過他們都很有錢。

用餐時他們很少交談，也沒有提到牛頓。他問她有什麼計畫，發現她沒有。他們吃完後，他說：「我們接下來做什麼？」

她現在看上去好多了，更鎮靜，也更開心了。她說：「不如去動物園吧？」

「好哇！」聽起來是個好主意。「我們可以搭計程車。」

可能因為正值聖誕假期，動物園遊客稀少，布萊斯覺得這樣是再好不過了。動物都在室內，他們兩個人從一棟建築走到下一棟建築，愉快地交談著。他喜歡傲慢的大型貓科動物，尤其是黑豹，她則喜歡鳥兒，那些羽色鮮豔的鳥兒。他很欣慰，她跟他一樣不喜歡猴子——他覺得猴子是一種可憎的小動物——如果她像許多女人一樣覺得猴子可愛有趣，他會覺得非常沮喪，他從來就看不出猴子有什麼有趣的。

他還高興地發現，在水族館入口處的小攤居然能買到啤酒。雖然有一個牌子清楚地告訴他們不能帶啤酒進去，他們還是帶了啤酒進去。昏暗的燈光下，他們坐在一個養著大鯰魚的大魚缸前。鯰魚是一種漂亮結實的生物，外表沉著，長著兩撇長鬚，皮膚又灰又厚。他們喝啤酒的時候，鯰魚哀怨地看著他們。

他們看著鯰魚，靜靜地坐了一會兒，然後貝蒂．喬說：「你想他們會對湯米怎麼樣？」

他意識到他始終在等待她提起這個話題。「不知道，我想他們不會傷害他什麼的。」

貝蒂．喬喝了一小口杯子裡的酒。「他們說他不是……不是美國人。」

「沒錯。」

「你知道他到底是不是嗎，布萊斯博士？」

他想叫她喊他納森就好，但那時這句話似乎不合時宜。他說：「我想他們是對的。」她心裡納悶，要是他們知道了，究竟要怎麼將他驅逐出境呢？

「你想他們會把他關很久嗎？」

他想起了牛頓的骨頭 X 光片，並想到聯邦調查局在小牙醫辦公室對他進行了徹底的檢查，突然明白了他們為什麼要檢查他，他們想確定他是否也是安西亞人。「我想他們可能會扣留他很長一段時間，只要他們還能扣留。」

她沒有回答，他轉過去看她，她雙手捧著紙杯放在膝上，眼睛盯著杯子，好像盯著一口井。從鯰魚缸漫射出來的平光沒有在她的臉龐留下陰影，她的五官沒有一絲皺紋，她在長凳上的姿勢泰然自若，使她看起來像一尊精美牢固的雕像。他默默地看著她，感覺彷彿看了大半天。

然後她看向他，她剛才哭的理由變得很明顯。他說：「我想你會想念他的。」然後喝完了他的啤酒。

她的表情沒有變化，聲音很溫柔。她說：「我一定會想念他的，我們去看看別的魚吧。」

他們看了別的魚，但他最喜歡的還是那條老鯰魚。

要搭計程車回市區時，他發現他說不出一個地址，也沒有哪裡能去。他看著此刻站在他身邊陽光下的貝蒂．喬，問道：「你打算暫住在哪兒？」

她說：「不知道，我在辛辛那提這一帶沒有認識的人。」

「你可以回去找……那個什麼地方的家人？」

「爾灣，不太遠。」她若有所思地看著他。「但我不想回去，我們處不來。」

他幾乎沒想過這句話代表什麼意思就把話說了出口。「你願意和我一起住嗎？也許住在飯店？然後，如果你願意，我們可以找一間公寓。」

她似乎愣了一下，他擔心自己侮辱了她，但隨後她走向他說：「天啊，我願意，我想我們應該在一起，布萊斯博士。」

8

在監禁的第二個月，他又開始酗酒了，也不知道是為了什麼。不是因為孤獨，因為他已經向布萊斯坦白了，他不大渴望有個伴。他也沒有感到多年來那種緊張感，現在問題簡單了，責任幾乎不存在。他只有一個大問題可以當成喝酒的藉口：如果政府允許他繼續執行計畫，他是否要繼續執行。然而，不管是喝醉了還是清醒著，他不常為這個問題煩惱，因為在這個問題上他還有選擇的可能性似乎很小。

他仍然大量閱讀，而且對前衛文學產生了新的興趣，尤其是小雜誌刊登的那種晦澀難懂形式嚴謹的詩歌——六節詩、十九行詩、三節聯詩——這些詩的思想和見解有些薄弱，但語言往往很吸引人。他甚至自己也小試身手，用亞歷山大詩行法，想寫一首義大利十四行詩，但好不容易寫完了前八行，就發現自己在這方面毫無天賦可言。他想有機會在安西亞再試試吧。

他也讀了大量科學和歷史方面的書籍，他的獄卒們非常大方，給他提供了大量的書，就像給他提供了大量的杜松子酒。他不管向負責為他提供食物和打掃公寓的管家提出什麼要求，從來沒有得到挑眉的回應，而且當天就辦好。他們在服務他的方面似乎有著令人欽佩的本領。有一次就為了看看結果如何，他要了一本《亂世佳人》的阿拉伯語譯本，管家毫不在意，五個小時內就送上。他不懂阿拉伯語，對小說也不感興趣，便把這本書當成書架上的書檔，因為它重得嚇死人。

對於監禁，他只有一個嚴重的反對意見：他有時會懷念外出的時光，有時他真希望見到貝蒂．喬，或是納森．布萊斯，在這個星球上他能稱之為朋友的兩個人。他對安西亞也有一些感覺——他在安西亞有個妻子，還有幾個孩子——但感覺很模糊。他不再經常想起家鄉，他已經入鄉隨俗了。

兩個月後，他們看樣子已經完成了身體檢測，給他留下了若干不愉快的記憶，以及經常復發的輕微背痛。這時他們的問話開始重覆，叫人生厭，看來他們沒有其他問題可以問他了。然而，沒有人向他提出最明顯的那個問題，沒有人問他是不是來自另一個星球。那時他確信他們已經有所懷疑，卻從來沒有人直接提出這個問題，他們是害怕遭到譏笑，還是這也是某種精心設計的心理策略的一環呢？有時他幾乎決定將真相和盤托出，反正他們無論如何可能都不會相信。或者他可以聲稱自己來自火星或金星，堅持到他們相信他是個瘋子為止。但他們不可能那麼愚蠢。

接著有一天下午，他們突然改變了對他的策略，這算是一個相當大的驚喜，也讓人終於鬆了一口氣。

提問以慣常的方式開始，審訊他的人是一個名叫鮑恩的男子，這人從一開始就每週起碼盤問他一次。這些官員沒有一個人向牛頓表明自己的職位，不過鮑恩總是讓牛頓覺得比其他人地位更重要。此外，他的秘書似乎更有效率一些，穿著更昂貴一些，眼圈也更深一些。也許他是個副部長，或者是中央情報局的要角，他顯然也是一個相當聰明的人。

進來後，他親切地向牛頓打招呼，在扶手椅上坐定，點了一根菸。牛頓不喜歡菸的味道，不過早已不再抗議他們抽菸了，況且房間裡有空調。

秘書在牛頓的書桌前坐下，幸好這名秘書並不抽菸。牛頓和氣地向他們兩人打招呼，不過在他們走進房間時並沒有主動從沙發上站起來。他知道，這其中有某種貓捉老鼠的小把戲，但他並不討厭玩這個遊戲。

鮑恩通常會匆匆忙忙切入正題。他說：「我必須承認，牛頓先生，你還是把我們弄糊塗，我們仍然不知道你是誰，從哪裡來。」

牛頓直視著他。「我是湯瑪士．傑羅姆．牛頓，來自肯塔基州門溪鎮。我天生身體畸形，你在巴塞特郡法院看過我的出生紀錄，我是一九一八年在那裡出生的。」

「這麼算起來，你都已經七十歲了，但你看起來像是只有四十歲。」

牛頓聳了聳肩。「我說了，我是個畸形，我是突變種，可能是一個新物種。我想這並不違法吧？」這些話以前通通說過，他不怎麼介意再講一遍。

「的確不違法，但我們認為你的出生紀錄是偽造的，這可就違法了。」

「你能證明嗎？」

「恐怕不能，不知道你怎麼做到的，但你做得很好，牛頓先生。如果你能發明世界彩底片，我想偽造一份紀錄對你也是輕而易舉的事。一九一八年的紀錄當然很難查證，況且沒有人還活著。但還有一個問題，就是我們找不到任何你兒時的熟識，更怪的是，我們找不到五年前認識你的人。」鮑恩掐熄了菸頭，搔了搔耳朵，好像心不在焉，「牛頓先生，你能再告訴我一遍為什麼嗎？」牛頓無聊地想，審訊者是不是都去了專門學校學習比如抓耳撓腮一類的技巧，還是他們是看電影學來的。

他的答案和以往一樣，「因為我是一個大怪胎，鮑恩先生，我母親幾乎不讓人看見我。你可能注意到了，我並不是那種一被關起來就會生氣的人，在那個年代，把一個孩子關在屋裡也不是什麼難事，尤其是在肯塔基州的那個地方。」

「你沒上過學？」

「一天也沒上過。」

「但你是我見過學識最豐富的人。」他還沒來得及回答。「是的，我知道，你的腦袋也很怪。」鮑恩憋著一個呵欠沒打，似乎無聊極了。

「沒錯。」

「然後你躲在肯塔基某個不知名的象牙塔裡直到六十五歲，之前沒有人見過你，也沒有人聽說過你？」鮑恩對他露出疲憊的笑容。

這種構想當然荒謬，只是他也沒法子，顯然只有傻瓜才會相信，但他總得編個什麼故事吧。他本來可以花更多功夫弄些文件，賄賂幾個官員，讓自己的過去更有說服力，不過他早在離開安西亞前就已經決定不這麼做，因為這麼做的風險更大，並不值得。就連找專家偽造一份出生證明，也是一件危險的難事。

他笑著說：「沒錯，我六十五歲之前，除了幾個早已去世的親戚，沒有人聽說過我。」

鮑恩突然說了一句從未說過的話。「然後你決定開始賣戒指，一個小鎮一個小鎮地賣？」他的口吻轉為嚴厲。「你給自己做了——我想是用當地的材料做的——大約一百枚的金戒指，全都一模一樣，你在六十五歲的時候突然決定開始賣掉？」

聽了這句話，他吃了一驚。他們之前沒有提過戒指，雖然他認為他們一定知道戒指的事。想到他得為這個問題提出一個荒謬的解釋，牛頓不禁笑了。他說：「沒錯。」

「我猜你是在你的後院裡挖到了金礦，然後用你的『小小化學家』玩具組做成了珠寶，再用安全別針的針頭刻上了字吧？如此一來，你就可以把戒指以低於珠寶本身價值的價格賣給小珠寶店。」

牛頓不禁感到好笑。「我的個性也是古怪，鮑恩先生。」

鮑恩說：「沒有那麼怪，沒有人會古怪到那種地步。」

「好吧，那這你要怎麼解釋呢？」

鮑恩停頓了一下，又點了一根菸。他表現得非常煩躁，雙手卻紋絲不動。然後他說：「我想你乘坐宇宙飛船，把戒指帶過來。」他微微挑起眉毛。「我猜得怎麼樣？」

牛頓心頭不禁一震，但忍住沒表現出來。他說：「很有趣。」

「的確有趣，更有趣的是，在離你賣掉第一枚戒指的小鎮五英里遠的地方，我們發現了一艘奇特飛船的殘骸。你可能不知道，牛頓先生，但你留下的船體在正確的頻率下仍然有輻射，它穿過了范艾倫輻射帶。」

牛頓說：「我不知道你在說什麼。」這句話很無力，但他也沒有別的話可說，聯邦調查局的調查遠比他預期的更徹底。漫長的停頓後，牛頓說：「如果我是乘宇宙飛船來的，難道會沒有比賣戒指更方便的賺錢方法嗎？」有一段時間，牛頓以為自己不怎麼在意他們是否發現他的真相，但他現在覺得驚訝，這些單刀直入的新問題原來會讓他坐立難安。

鮑恩說：「如果你來自……比如金星吧，你需要用錢，你會怎麼做呢？」

牛頓發現自己有生以來首次難以保持聲音穩定。「如果金星人能建造宇宙飛船，我想他們也能製造假鈔吧。」

「在金星上，你去哪裡找到一張十美元鈔票複製呢？」

牛頓沒有回答，鮑恩伸進衣袋，掏出一件小東西，放在旁邊的桌子上。秘書瞬間抬起頭來，等著有人說話，顯然這樣他才有東西能夠記錄。牛頓眨了眨眼，桌子上的東西是一個阿斯匹靈盒子。

「假鈔讓我們找到另一樣東西，牛頓先生。」

他已經知道鮑恩要說什麼了，但對此他實在也無能為力了。他說：「你從哪兒弄來的？」

「我們組織有個人，去搜查你在路易斯維爾的飯店房間，偶然發現的，那是兩年前的事了——你在電梯裡摔斷了腿之後的事。」

「你們搜查我的房間多久了？」

「很久了，牛頓先生。」

「那麼在這之前你們一定就有理由可以逮捕我，為什麼不做呢？」

鮑恩說：「嗯，我們當然想先弄清楚你在幹什麼，你在肯塔基造那艘船有什麼目的。還有，你一定明白，整件事相當棘手，牛頓先生，你成了大富翁，我們隨便逮捕大富翁總不可能沒事吧——尤其如果我們的政府被認為是一個理智的政府，而我們對這個大富翁的唯一指控是他來自金星一類的地方。」他身體微微前傾，聲音更溫和了。「是金星嗎，牛頓先生？」

牛頓報以微笑，其實這個新情報並沒有改變什麼。「我從沒說過是肯塔基閒溪鎮以外的任何地方。」

鮑恩低頭看著阿斯匹靈盒子，若有所思，他拿起盒子，用手掌掂了掂，然後說：「我相信你已經知道，這個盒子是白金製成的，你得承認這很不尋常，還有另一點也很不尋常，那就是材料和做工，正如俗話所說的，畫虎成犬，這個拜耳阿斯匹靈盒子模仿得很不像，比如說，它大了四分之一英寸，顏色也差得很遠，鉸鏈也不是拜耳公司的製作方法。」他看著牛頓。「不是說它的鉸鏈做得更好——只是不同。」他又笑了。「但它最不尋常的地方應該是，盒子上沒有細微的小字，牛頓先生——只有一些看起來像是印刷字體的模糊線條。」

牛頓很不自在，也氣自己忘了銷毀盒子。他問：「那麼你們從這一切中得出了什麼結論呢？」他很清楚他們會得出什麼結論。

「我們的結論是，有人根據電視廣告上的圖片，盡力仿造了這個盒子。」他笑了一聲。「從非常非常邊陲地區的電視。」

牛頓說：「閒溪鎮就是一個非常非常邊陲的地區。」

「金星也是，況且，到閒溪鎮的藥局買一盒拜耳的阿斯匹靈，只要一美元，你在閒溪鎮，根本沒有必要自己動手做。」

「即使你碰巧是個怪胎，性格古怪，有非常奇怪的強迫症，也不會嗎？」

鮑恩似乎仍然覺得很好笑——可能是被自己逗笑了。他說：「不太可能，其實我看你不如別再敷衍搪塞了。」他仔細地看著牛頓。「這件事的有趣之處在於，一個……一個像你這樣聰明的人，居然犯了這麼多的錯誤，你想為什麼我們恰巧決定你人在芝加哥的時候逮捕你？你有兩個月的時間思索這個問題。」

牛頓說：「我不知道。」

「我就是這個意思，顯然你們——安西亞人，對吧？——並不完全習慣像我們一樣思考，我相信，任何一個普通的、人類的、偵探雜誌的讀者都會意識到，當你向布萊斯博士解釋自己的事時，我們一定早在你在芝加哥的房間裝了麥克風。」

他愣住了，足足沉默了一分鐘，最後說：「的確，鮑恩先生，安西亞人顯然不像你們這些人那樣思考，但是我們不會把一個人關上兩個月，然後問他一些我們已經知道答案的問題。」

鮑恩聳了聳肩。「現代政府作為何等奧秘，行事偉大神奇[10]。不過逮捕你不是我的意思，是聯邦調查局的，高層有個人慌了，他們擔心你會用你的接駁船炸了世界，事實上，從一開始他們就對你提出那樣的猜測，他們的特工呈交了關於你的計畫的報告，副局長們想判斷你什麼時候會對華盛頓或紐約發動攻擊。」他假裝傷心地搖了搖頭。「自從埃德加·胡佛[11]以來，有一個該死的末日組織始終存在。」

牛頓突然站起來，走去替自己倒杯酒。鮑恩請他倒三杯，自己也站了起來，雙手插在口袋裡，在牛頓倒酒時，盯著自己的鞋子看了一會兒。

10 此句改自十九世紀英國詩人古伯（William Cowper）的聖詩，原文意譯為：「主的作為何等奧秘，行事偉大神奇。」

11 Edgar Hoover（1895-1972），美國聯邦調查局第一任局長，任職長達四十八年。

牛頓把杯子遞給鮑恩和秘書——秘書接過酒杯時迴避了他的目光——同時想起了一件事。「但是只要聯邦調查局聽到你的錄音——我猜你是錄下來了——他們一定會改變對我的目的的看法。」

鮑恩喝了一小口酒。「牛頓先生，其實我們從來沒有讓聯邦調查局知道這段錄音，我們只是給他們下了命令，讓他們為我們進行逮捕行動，錄音帶從來沒有離開過我的辦公室。」

又是一樁意外，但意外來得如此之快，他已經漸漸習慣。「你怎麼能阻止他們要錄音帶呢？」

鮑恩說：「唔，不妨讓你知道，我有幸擔任中情局局長，從某個角度來說，我的職等高於聯邦調查局。」

「那麼你一定是——他叫什麼名字，范布魯？我聽說過你。」

鮑恩——或范布魯——說：「我們是中情局裡一群難以捉摸的人，總之，我們一拿到了錄音帶，也就知道了我們想知道有關於你的事，還從你坦承這件事判斷，如果聯邦調查局真的逮捕你——我告訴過你，他們那時快要那麼做了——你很可能會把整個故事告訴他們。我們不希望發生這種情況，因為我們不信任聯邦調查局，這是一個危險的年代，牛頓先生，他們可能為了解決我們一直搞不定的問題而要了你的命。」

「而你並不打算要我的命？」

「這件事我們自然想過，我不贊成，主要是因為——不管你有多危險——除掉你，等於殺了會下金蛋的鵝。」

牛頓喝完酒，又斟滿了一杯。「什麼意思？」他說。

「現在我們國防部那邊，有很多依據我們三年前從你的私人檔案竊取來的數據發展的武器計畫，我說過了，這是一個危險的年代，我們可以從很多方面利用你，我想你們安西亞人對武器一定很了解吧。」

牛頓盯著酒停頓了半晌，然後平靜地說：「如果你聽到了我和布萊斯的談話，應該知道我們安西亞人用我們的武器對自己做了什麼，我無意讓美利堅合眾國成為一個無所不能的國家，即使我願意，我其實也做不到，我不是科學家，我被選中參與這趟航行，是因為我的身體耐力，不是我的知識，我對武器知道得很少——我猜比你還少。」

「你在安西亞一定見過或聽說過武器的事。」

可能是喝了酒，牛頓現在恢復了鎮定，不再懷有高度戒心。「你見過汽車，范布魯先生，你能不能向一個非洲野蠻人解釋解釋如何製造一輛車呢？只用當地現有的材料？」

「不能，但如果我能在現代非洲找到一個野蠻人，我能向他解釋什麼是內燃，況且要是他是一個聰明的野蠻人，他或許能夠利用內燃做什麼。」

牛頓說：「說不定是自殺。無論如何，我都不打算告訴你這方面的事，不管這對你有什麼價值。」他又喝完了一杯。「我想你可以對我用酷刑試試。」

范布魯說：「恐怕那也是浪費時間，你看，這兩個月來，我們一直在問你一些愚蠢的問題，目的是進行某種精神分析，我們在這裡安裝了攝影鏡頭，記錄眨眼頻率一類的數據。我們已經有了結論，刑求拷打對你沒用，你在痛苦中很容易精神失常。還有，我們無法充分了解你的心理——內疚、焦慮等等的情緒——無法對你進行任何形式的洗腦。我們也給你注射了大量的藥物——催眠藥、麻醉劑——根本起不了作用。」

「那你打算怎麼做？對我開槍嗎？」

「不會，恐怕連這個我們都做不到，必須要徵求總統的允許，但他不會同意。」然後他無奈地笑了笑。「你看，牛頓先生，考慮了所有的重大因素之後，最後一個需要考慮的因素是一個實際的人類政治問題。」

「政治？」

「今年恰好是一九八八年，一九八八年是選舉年，總統已經開始競選連任，他有可靠的資訊——你知道嗎？水門事件沒有改變任何事情，任何事情都沒有改變，總統還是利用我們中央情報局的人來監視另一個政黨——如果我們不對你提出充分的指控，或者不把你放走，向你深深致歉，共和黨會把這件事變成德雷福斯[12]那樣的案件。」

牛頓頓時笑了。「如果你開槍打我，總統可能會輸掉選舉？」

12 Alfred Dreyfus（1859-1935）：法國猶太裔軍官，被誤判為叛國，引發社會一連串的衝突與抗議。

「共和黨已經把你們在不結盟運動中的工業家兄弟搞得焦頭爛額，而那些先生們，你可能知道的，掌握著很大的影響力，他們也會保護他們自己。」

牛頓開始笑得更厲害了，這是他有生以來第一次真正放聲大笑。他不只是輕笑，或竊笑，或噗哧一笑，他是從丹田發出了哈哈的笑聲。最後他說：「那你得放我走了？」

范布魯冷冷一笑。「明天，我們明天就放你走。」

9

一年多來，他愈來愈難以了解自己對許多事情的感受，這不是他的種族特有的難處，但他不知怎麼就這樣了。在這十五年裡，他學會說英語，學會扣釦子打領帶，學會打擊率、汽車品牌、其他無數的零碎資訊，很多原來都是不必要的。在那段時間，他從來沒有承受過自我懷疑，他從來沒有質疑他被選中執行的計畫。而現在，與人類實際生活了五年之後，他無法說出自己對獲釋這樣一件明確的事情有何感受。至於計畫本身，他不知道該怎麼想，因此幾乎沒有去想它。他已經變得很像人類了。

早晨他拿回了他用來偽裝的那些東西。回到這個世界之前，再一次穿戴上似乎很奇怪，也很愚蠢，因為他如今是要向誰隱瞞身分呢？然而，他很高興能再次戴上隱形眼鏡，這些鏡片讓他的眼睛看起來更像人，鏡片的濾光功能也舒緩了亮度加諸於眼睛的壓力，因為他就算一直戴著墨鏡，也不能完全免除亮光的影響。他戴上後去照鏡子，覺得鬆了一口氣，他看起來又像人類了。

一個他從未見過的人把他從房間裡帶出來，穿過一條發光板照亮的走廊——發光板是W. E.公司的專利產品——廊上有持槍士兵看守。他們進了電梯。

電梯裡的燈亮得叫人窒息，他戴上墨鏡。他問：「關於這整件事，你們是怎麼告訴報紙的？」但他其實並不怎麼在乎。這人到目前為止都保持著沉默，沒想到相當和藹可親。他身材矮壯，皮膚不好。他親切地說：「不歸我的部門處理，但我想他們說是基於安全原因才讓你接受保護性監管，你的工作對國防至關重要一類的。」

「有記者等著嗎？當我出去的時候？」

「我想不會有。」電梯停下來，門開啟了，又是一條有人看守的走廊。「應該這麼說吧，我們要把你從後門偷偷帶出去。」

「馬上？」

「大約兩小時後，首先有一些例行公事，我們必須按照程序才能讓你離開這裡，這也就是我來這裡的目的。」他們沿著走廊繼續走，走廊非常長，而且和大樓的其他地方一樣，燈光太亮了。那人說：「告訴我，你到底是為什麼被軟禁？」

「你不知道？」

「這裡沒有人談這些事。」

「范布魯先生沒有告訴過你這些事嗎？」

那人笑了笑。「范布魯什麼都不跟人說，也許只會跟總統報告，但也只是說他想說的。」

走廊盡頭——或者隧道的盡頭，他不確定這是什麼——是一扇門，他們走進去，裡面看起來像是放大版的牙醫診所，乾淨得令人吃驚，貼著淡黃色的瓷磚，有一把牙醫用的那種椅子，旁邊擺著幾架看上去讓人很不舒服的嶄新機器。兩個女人和一個男人站在那裡等待，穿著與瓷磚相襯的淡黃色工作服，掛著禮貌的笑容。他本以為會見到范布魯——他也不知道為規檢查，主要是為了識別身分。」

笑容。「我知道看起來很可怕，但他們不會做會讓你痛的事，就是一些常

什麼——但范布魯不在房間裡。陪他來的人把他帶到椅子上，露出大大的

牛頓說：「天啊，你們檢查我檢查得還不夠嗎？」

「不是我們，牛頓先生，如果我們重覆做了中情局已經做過的事，那麼我很抱歉，但我們是聯邦調查局，我們必須取得這些資料存檔，你知道的，比如血型、指紋、腦電圖，諸如此類的東西。」

「好吧。」他認命地坐上椅子。范布魯說過，政府作為何等奧秘，行事偉大神奇。不管怎樣，應該要不了多少時間。

有一段時間，他們用針頭、照相設備和各種金屬裝置對他進行探測和檢查。他們用夾子夾住他的頭，測量他的腦電波，又夾住他的手腕，測量他的心跳。他知道，他們得到的某些結果一定會讓他們吃驚，但他們沒有表現出任何驚訝之色。正如那個聯邦調查局的人說的，例行公事而已。

大約一個小時後，他們把一個機器推到他的面前，推到離他極近的距

離，要求他摘下眼鏡。機器有兩個透鏡，之間的距離與眼距相當，透鏡似乎好奇地看著他。一個很像眼罩的黑色橡膠杯圈著透鏡。

他頓時感到恐懼，倘若他們不知道他眼睛的特殊之處……「你打算用它做什麼？」

黃衣技術員從襯衫口袋裡拿出一把小尺，橫在牛頓的鼻梁上測量。他的聲音無精打采，他說：「我們只是要給你拍些片子，不會痛。」

其中一個女人露出專業的微笑，伸手要摘下他的墨鏡。「來，先生，我們現在要拿下這個……」

他猛然將頭閃開，舉起一隻手保護自己的臉。「稍等一下，什麼樣的片子？」

機器前的那個人猶豫了一會兒，瞥了一眼坐在牆邊那個聯邦調查局的人，聯邦調查局的人親切地點了點頭，黃衣人便說：「其實是兩張片子，兩張同時拍，一張是你視網膜的常規證件照，拍下血管構造，這是最準確的身分鑑定方法，另一張是 X 光片，我們要拍你後枕骨內側的脊柱——也就是你的後腦勺。」

牛頓想從椅子上站起來，他說：「不！你不知道你在做什麼。」和藹可親的聯邦調查局人員已經站到了他的身後，將他拉回椅子，動作快得出乎他的意料。他動彈不得，那個聯邦調查局的人大概不知道，一個女人就能輕易壓制住他，在他的身後說：「對不起，先生，但我們必須拍這幾張片子。」

他想冷靜下來。「沒有人告知你們我的情況嗎？你們沒聽說過我的眼睛的事嗎？他們一定知道我的眼睛的狀況。」

黃衣人說：「你的眼睛怎麼了？」他似乎不耐煩。

「它們對X光很敏感，那個設備……」

「沒有人的眼睛看得到X光。」那人噘起嘴，顯然生氣了。「沒有人能看到這個頻率的光。」他向那個女人點點頭，她露出不自在的笑容，拿下他的墨鏡。房間的燈光害他頻頻眨眼。

他瞇著眼睛說：「我看得到，我看東西的方式和你們完全不同。」然後又說：「我讓你看看我眼睛的構造，你放開我，我就摘下我的……我的隱形眼鏡。」

聯邦調查局的人沒有放開他。技師說：「隱形眼鏡？」他俯下身子，盯著牛頓的眼睛看了很久，然後退了回去。「你沒有戴隱形眼鏡。」

他出現一種許久沒有過的感覺——恐慌。房間裡的亮度變得令人難耐，似乎隨著他的心跳節奏在周圍搏動。他的話聽起來口齒不清，像是醉了。「它們是一種……新型鏡片，是一層薄膜，不是塑膠，如果你放開我一會兒，我就給你看。」

技師仍然噘著嘴，他說：「沒有這種東西，我接觸隱形眼鏡已經有二十年經驗了，而且……」

在他身後，聯邦調查局的人說了一句令人感動的話。「讓他試試吧，亞瑟。」他突然鬆開了雙臂，說道：「畢竟，他是納稅人。」

牛頓歎了口氣，然後說：「我需要一面鏡子。」他往口袋裡摸索，突然又慌了，他沒有帶著特製的小鑷子，專門用來拿下薄膜的小鑷子……「對不起。」他並不是特別對他們中的任何一個人說話。「對不起，我需要使用一個工具，也許還留在我的房間裡……」

聯邦調查局的人露出耐心的笑容，他說：「得了吧，我們沒有一整天的時間可耗，況且我就算想進去那個房間也進不去了。」

牛頓說：「好吧，那麼你們有小鑷子嗎？也許我可以將就著用。」

技師做了個怪表情，「等等。」他嘟囔了幾句，走到一個抽屜前，不一會兒就收集了一套令人畏懼的閃亮工具——各式各樣看似鑷子又不大像鑷子的工具，功能不明。他把它們放在牙醫椅旁邊的桌子上。

一個女人已經遞給牛頓一面圓鏡，他從桌上挑了一把鈍頭小鑷子，雖然不太像是這個用途，但或許可以使用。他試著夾了幾下，恐怕有點太大，但也只能將就著了。

然後他發現他無法拿穩鏡子，就請給他鏡子的女人幫忙拿著。她走過來拿起鏡子，但鏡子離他的臉龐太近了，他請她退後一點，然後要她調整鏡子的角度，以便看得清楚一些。他仍然瞇著眼睛。黃衣人開始用腳敲打地板，敲擊聲似乎與房間燈光的跳動同步。

他拿著鑷子靠近眼睛時，手指開始不由自主地顫動。他馬上把手抽回，然後再試了一次，卻仍舊無法讓那東西靠近眼睛，這一回手抖得非常厲害。他說：「對不起，再等一分鐘……」他的手不由自主從眼睛前縮回來，因為他害怕這件工具，害怕那顫抖到失控地步的該死手指。鑷子從他的手上掉下去，掉到他的腿上，他摸了幾下找到了，然後歎了口氣，看著那個聯邦調查局的人，他的表情模稜兩可。他清了清嗓子，眼睛仍然瞇著，燈為什麼要這麼亮呢？他說：「你想我可以喝一杯嗎？喝點杜松子酒？」

那人突然笑了起來，只是這一回的笑聲並不親切，尖銳冷酷又殘忍的笑聲在貼著瓷磚的房間中響起。

那人說：「得了吧。」他露出寬容的微笑。「得了吧。」

他豁出去了，抓起了鑷子。即使傷了眼睛，如果他能弄掉薄膜的一小部分，他們也能看出來吧……為什麼范布魯沒有告訴他們？對他來說，毀了一隻眼，總好過將兩隻眼都交給那台機器，好過屈服於那對想凝視他的頭骨的鏡頭，好過為了什麼白癡的理由，透過他的眼睛，透過他敏感的眼睛，從內數一數他頭骨後面的脊骨。

聯邦調查局的人的兩隻手猛然又扣住他的手腕，他的手臂——與人類的力量相抗衡時幾乎沒有什麼力量的手臂——再次被拉到背後按住。有人用鉗子夾住他的頭，在太陽穴處收緊。他打著哆嗦輕聲說：「不要！不要！」他的頭動不了。

技師說：「對不起，我很抱歉，但我們必須固定住你的頭，讓它不要亂動。」他語氣聽起來一點也不抱歉。他將機器推到牛頓的面前，轉動旋鈕，透鏡和橡膠杯就移到牛頓的眼睛前，好像一副雙筒望遠鏡。

而牛頓在兩天內第二度做了一件對他來說非常新鮮、非常像人類的事。他發出尖叫，一開始只是無言的尖叫，然後他發現自己說出了話：「難道你們不知道我不是人類嗎？我不是人類！」杯子擋住所有光線，他什麼也看不見，誰也看不見。「我根本就不是人類！」

「得了吧。」聯邦調查局的人在他身後說。

然後，一道銀光閃過，對牛頓來說，這道銀光比盛夏正午的陽光對一個走出黑暗房間的人來說還要明亮，他強迫自己睜著眼睛盯著，直到眼前完全一片漆黑。他接著感到壓力從臉上消失，知道他們已經把機器推開了。

直到他跌倒了兩次，他們才檢查他的眼睛，發現他已經瞎了。

10

他在一家公立醫院隔離了六個星期，公家醫生對他什麼也不能做，他視網膜的感光細胞幾乎全被燒毀，視覺區分能力不比曝光過度的照相板強。幾個星期後，他隱約能夠分辨明暗，當一個黑色龐然大物置於他的面前時，他能分辨出那確實是一個黑色龐然大物，但僅此而已——看不清楚顏色，也看不清楚形狀。

在這段時間裡，他又開始想起安西亞。起初他的腦海浮現出一些零星的昔日回憶，大多是他的童年。他想起小時候喜歡某種類似西洋棋的遊戲——在圓棋盤上移動透明的方塊棋——他發現自己記起了複雜的規則，當格局形成多邊形時，淺綠棋可以吃灰棋。他想起他學過的樂器，他讀過的書，尤其是歷史書，他記得他的童年在以安西亞曆年來算的三十二歲時自動結束——按照人類計算的時間方式是四十五歲——因為他結婚了。他沒有自己選擇妻子，儘管有時可以這樣做，但他讓他的家人作主。這樁婚姻達到預期的成效，也夠愉快，他們沒有激情，但安西亞人並不是一個熱情的種族。現在他失明了，住在美國一家醫院裡，他發現自己對妻子的思念比以往更深了，他思念她，希望她陪在左右。有時，他流下了淚水。

由於不能看電視，他有時就聽收音機，得知政府未能守住他失明的秘密，共和黨在競選活動中拿他大作文章，聲稱他的遭遇是行政高壓和不負責任的表現。

第一個星期後，他對他們已經沒有什麼怨恨，他怎麼能對小孩子生氣呢？范布魯尷尬地道了歉，全都是一個錯誤，他不知道聯邦調查局沒有被告知牛頓的獨特地方。他知道范布魯其實並不關心，只是擔心他——牛頓——最後會對媒體說什麼，會說出什麼名字。牛頓疲乏地向他保證，他什麼也不會說，只會說這一切是不可避免的意外，不是誰的錯——只是意外。

然後有一天范布魯告訴他，他銷毀了錄音帶。他說，他從一開始就知道，怎樣也不會有人相信，他們會認為錄音帶是假的，或者相信牛頓瘋了，或者其他什麼，就是不會相信這件事是真的。

牛頓問他信不信這是真的。

范布魯平靜地說：「我當然相信，起碼有六個人知道並相信這件事，總統是其中一個，國務卿也是，但我們正在銷毀紀錄。」

「為什麼？」

「這個嘛——」范布魯冷冷地笑了起來，「有幾個理由，其中一個是我們不希望歷史把我們寫成統治這個國家的第一大瘋子集團。」

牛頓放下他一直在練習的點字書。「那麼我可以繼續我的工作？回肯塔基州？」

「可能吧，我也不知道，在你的餘生，我們會無時無刻盯著你，但如果共和黨上台，我就會被換掉，我不知道。」

牛頓又把書拿起來。幾個星期以來，他首度對周圍發生的事情有了短暫的興致，但這種興致來得快去得也快，毫不留痕跡。他輕輕地笑了。他說：「很有趣。」

✦

在一名護士的帶領下，他出院了，一群人在醫院外頭等著。陽光燦爛，他能看到他們的身影，也能聽到他們的聲音。人群為他讓出了一條路，可能警察在前面開路，護士領著他通過這條通道，走向他的車子。他聽見了稀落的掌聲，絆到了兩次，但沒有跌倒在地。護士熟練地引領他，只要他需要她，她就會陪伴他幾個月，或者幾年也行。她的名字叫雪莉，據他所知，她很胖。

突然，他的手被握住了，他感覺手被輕輕地握住了。一個身材高大的人出現在他面前，「很高興你回來了，牛頓先生。」是法恩斯沃斯的聲音。

「謝謝你，奧利弗。」他覺得很累。「我們有一些重要的事要談。」

「是的，你知道吧，牛頓先生，你現在上了電視。」

「哦，我不知道。」他環顧四周，想找到一個攝影機的形狀，但沒有找到。「攝影機在哪裡？」

「在你的右邊。」法恩斯沃斯壓低聲音說。

「請把我轉向它，有人想問我什麼嗎？」

一個聲音在他身旁響起，顯然是電視記者的聲音。「牛頓先生，我是CBS電視台的杜安．懷特利，你能告訴我再次出來是什麼感覺嗎？」

牛頓說：「不行，還不行。」

記者似乎並沒有大吃一驚。他說：「你對未來有什麼計畫？在你剛剛經歷了這些之後？」

牛頓終於能夠辨認出攝影機，他面對鏡頭，心中幾乎沒有想到他的人類觀眾，無論是在華盛頓這裡，還是全國電視機前面的觀眾。他想到另一群觀眾，露出淡淡的笑容。安西亞的科學家？他的妻子？他說：「如你們所知，我在研究一個太空探索計畫，我的公司從事一項相當重大的工作，準備將一艘飛船送入太陽系，測量到迄今始終阻撓星際旅行的輻射。」他停下來喘了口氣，意識到腦袋和肩膀都在隱隱作痛，也許是長期臥床之後又感受到了重力。「在關押期間——關押一點也不討厭——我有了機會思考。」

「思考的結果是？」記者在他停頓時詢問。

「結果是——」他對著鏡頭，對著他的家，溫柔地，意味深長地，甚至是愉快地露出笑容。「我認為這個計畫好高騖遠，我打算放棄。」

1990

伊卡洛斯溺水而亡

1

第一次，納森・布萊斯藉著一捲紙炮，找到了湯瑪士・傑羅姆・牛頓。靠著一張留聲機唱片，他又再次找到了他。發現這張唱片就像他發現紙炮一樣偶然，但它的意義——至少是部分的意義——比紙炮的意義更直接明瞭。事情發生在一九九〇年十月，在路易斯維爾一家沃爾格林連鎖藥妝雜貨店，距布萊斯和貝蒂・喬・莫舍的公寓只有幾個路口，離牛頓在電視上發表簡短的告別演說則是七個月。

布萊斯和貝蒂・喬都把他們在世界企業的大部分薪資存了下來，布萊斯其實沒有必要為了生計而工作，至少在一兩年內沒有必要。但他還是在一家科學玩具製造商找到了一份顧問的工作，他相當滿意，這份工作讓他在化學領域的職業生涯圓滿了。一天午後下班回家途中，他順路去了藥妝雜貨店一趟。他本來是想買一雙鞋帶，但到了門口就停下腳步，因為他看到一只大金屬籃，裡頭裝著留聲機唱片，上方的標牌寫著：清倉大拍賣，八十九美分。布萊斯向來喜歡買便宜貨，他瀏覽了幾張唱片的標簽，拿起一兩張隨便看了一下，接著翻到一張從標題看是業餘的翻版唱片，頓時嚇了一跳。自從唱片變成小鋼球後，唱片公司通常把它們裝在塑膠小盒裡，黏在大塑膠吊牌上，吊牌印著老式四聲道唱片的藝術圖片和通常可笑的樂評。但是這張的吊牌只有硬紙板，沒有圖案，為了以低廉的方式達到所需的藝術效果，唱片標題採用了全小寫字母印刷的老套方法，標題是：外太空詩篇。吊牌背面則是：保證你不懂的語言，但你會希望你懂！一個我們稱為「訪客」的男人所寫的七首天外之詩。

布萊斯毫不猶豫把唱片拿到試聽間，將鋼球放進槽道開始播放。響起的語言確實很奇怪——悲傷，流暢，充滿長音，音調起伏怪異，完全無法理解。但是，毫無疑問，那是T. J.牛頓的聲音。

他關掉音響，唱片吊牌底部印著：「第三次文藝復興」錄製，紐約沙利文街二十三號……

「第三次文藝復興」位在一間閣樓，辦公室只有一個工作人員，一個留著大鬍子的瀟灑年輕黑人。很幸運，布萊斯走進他的辦公室時，那人心情很好，很爽快地解釋說，唱片的「訪客」是一個叫湯什麼的有錢怪人，住在格林威治村還是哪裡。這個怪人似乎是親自上門說要出唱片，唱片製作與發行費用也是他自掏腰包。街角有家叫「鑰匙和鏈條」的咖啡酒館，去那裡或者可以找到他……

「鑰匙和鏈條」是七十年代消失的舊咖啡館的遺跡，和其他幾家一樣，裝了吧檯賣廉價的酒水才得以生存下來。沒有邦哥鼓，也沒有詩歌朗誦會的通告——他們的時代早過去了——但牆上掛著業餘的畫作，廉價的木桌隨意擺放在館內，為數不多的顧客刻意打扮得像流浪漢。湯瑪士・傑羅姆・牛頓不在其中。

布萊斯到吧檯前，給自己點了一杯威士忌加蘇打水，慢慢地喝著，決心至少要等上幾個小時看看。不過他才開始喝第二杯，牛頓就進來了。布萊斯起初沒有認出他。牛頓微駝著背，走起路來比以前沉重許多，照樣戴著墨鏡，只是現在多了一根白色手杖，最可笑的是，他還戴著一頂灰色軟呢帽。一個穿制服的胖護士攙著他的手臂，帶他到後面一張偏遠的桌子坐下，接著就離開了。牛頓面對著吧檯的方向說：「午安，艾爾伯特先生。」酒保說：「老爹，我馬上來。」然後打開一瓶戈登杜松子酒，連同一瓶安戈斯圖拉苦味酒及一個杯子，用托盤送到牛頓的桌子。牛頓從襯衫口袋裡掏出一張鈔票塞給他，茫然露出笑容說：「不用找了。」

布萊斯在吧檯目不轉睛地看著他，他伸手摸尋杯子，找到了就給自己倒了半杯杜松子酒，還摻了不少的苦味酒。他沒有加冰，也沒有攪拌，立即就啜飲起來。布萊斯突然開始想，既然找到了牛頓，他該對他說些什麼，這麼一想，他幾乎陷入了驚慌失措中。他能不能拿起他的威士忌加蘇打，從吧檯衝過去說：「我過去這一年裡改變了心意，我還是想讓安西亞人來接管。我常常看報紙，現在我想讓安西亞人接管了。」現在，他真的又遇上那個安西亞人了，一切顯得很荒謬——牛頓如今看似一個可憐蟲，芝加哥那次動魄驚心的談話似乎是在夢中，或在另一個星球上。

他看著那個安西亞人似乎看了很久，想起他最後一次是在空軍飛機底下看到那個計畫——牛頓的接駁船，後來那架飛機載著他、貝蒂．喬以及其他五十個人從肯塔基州的工地離開。

想到這些，他一時幾乎要忘了自己身在何處。他想起他們那麼多人在肯塔基州建造那艘精美而荒謬的大船，想起他從工作中所獲得的樂趣，想起自己曾有一段時間，一心一意只想著要解決那些金屬和陶瓷、溫度和壓力的問題，覺得自己的生命的確參與過一件重要、一件值得的事。也許船現在已經有部分地方開始生鏽了——如果聯邦調查局還沒有把整個東西封在熱縮膠膜中，送去五角大樓的地下室裡存檔的話。但不管發生了什麼，這絕對不是第一個可能得到官方待遇的出路。

這種思路讓他產生了一種情緒，他心想，管他呢，站起來走到牛頓的桌子前坐下來，以從容慎重的口吻說：「你好，牛頓先生。」

牛頓的聲音似乎同樣從容，「納森．布萊斯？」

「是我。」

「嗯。」牛頓喝完了手中的酒。「真高興你來了，我想過也許你會來。」

由於某種原因，牛頓說話的口吻，可能是他那漫不經心的語氣，讓布萊斯感到驚惶失措，他發現自己頓時覺得尷尬。他說：「我發現了你的唱片，那幾首詩。」

牛頓木然地笑了。「是嗎？你喜歡嗎？」

「不大喜歡。」他本想大膽地說出這句話，卻又覺得自己似乎只能裝出一副鬧脾氣的口吻。他清了清嗓子說：「你到底為什麼要製作這張唱片呢？」

牛頓依然保持著笑容。他說：「真讓人驚詫，人怎麼都不會動腦把事情想清楚。至少中情局有個人跟我這麼說過。」他又給自己倒了一杯杜松子酒，布萊斯注意到他倒酒時手在顫抖。他搖搖晃晃放下瓶子。「這張唱片其實不是安西亞詩，反而有點像一封信。」

「給誰的信？」

「給我的妻子，布萊斯先生，還有給我故鄉的一些聰明人，他們為了……為了這種生活訓練我，我一直希望調頻廣播有時能播放它，你知道的，只有調頻才能在星球之間傳送。但據我所知，還沒有人播放過。」

「裡面說了些什麼？」

「哦，『再見』，『去死吧』，諸如此類的話。」

布萊斯感到愈來愈不自在，有一瞬間他真希望當初也能把貝蒂．喬帶來了，貝蒂．喬非常厲害，能使人恢復理智，讓事情變得可以理解，甚至可以忍受。但話說回來，貝蒂．喬碰巧相信自己愛上了T. J.牛頓，這麼一來情況可能比現在更加尷尬。他保持沉默，不知道究竟該說些什麼才好。

「嗯，納森——我想你不會介意我叫你納森吧，既然你找到了我，你想要我做什麼？」他在眼鏡和可笑的帽子底下微笑著，他的笑容彷彿像月亮一般古老，那根本就不是人類的笑容。

見到這個笑容，聽到牛頓十分不耐的嚴肅疲憊語氣，布萊斯突然覺得很尷尬。回答以前，他給自己倒了一杯酒，瓶口還不小心碰著了玻璃。

他喝著酒，定定望著牛頓，望著牛頓那扁平的平光綠色眼鏡。他雙手捧著透明的塑膠水杯，手肘放在桌子，說：「我希望你能拯救世界，牛頓先生。」

牛頓的笑容沒有改變，而且立刻就回答了。「世界值得拯救嗎，納森？」他到這裡來不是為了互相譏諷。他說：「值得，我認為值得拯救，無論如何，我想活出我的人生。」

牛頓冷不防從椅子朝著吧檯探出身子，喊道：「艾爾伯特先生，艾爾伯特先生。」

酒保是個矮小的男人，愁容滿面，他從沉思中抬起頭來。「什麼事，老爹？」他輕輕地說。

「艾爾伯特先生，你知道我不是人類嗎？你知道我來自另一個名叫安西亞的星球，我是乘坐宇宙飛船來的嗎？」

酒保聳了聳肩說：「我聽說過。」

牛頓說：「嗯，我是啊，我是來自另一個星球，嗯，這是真的。」他停頓了一下，布萊斯盯著他——令他震驚的不是牛頓說了什麼，而是他語氣中的天真、幼稚和愚蠢，他們到底對他做了什麼？他們只有弄瞎了他嗎？

牛頓又喊了聲酒保，「艾爾伯特先生，你知道我為什麼會來到這個世界嗎？」

這一次酒保連頭都沒抬，他說：「不知道，老爹，我沒聽說。」

「哎，我是來拯救你們的。」牛頓的聲音清晰，夾著諷刺，但又帶著一絲的歇斯底里。「我是來拯救你們所有人的。」

布萊斯看到酒保暗自竊笑，接著仍然站在吧檯後方說：「老爹，你最好快點行動，我們需要快點拯救。」

這時牛頓垂下了頭，布萊斯說不清是出於羞愧、絕望還是疲憊。「哦，確實如此。」他用近乎耳語的聲音說：「我們需要快點拯救。」然後他抬頭對著布萊斯微微一笑。「你會見到貝蒂．喬嗎？」他問道。

他對這個問題完全沒有防備，「會……」

「她好不好？貝蒂．喬好不好？」

「她很好，她很想念你。」布萊斯又說：「艾爾伯特先生說得沒錯，『我們需要快點拯救。』你能做到嗎？」

「不行，我很抱歉。」

「難道沒有機會嗎？」

「不，當然不是，政府知道我的一切……」

「你告訴他們了？」

「我可能告訴他們，但沒有必要，他們似乎早就知道了，我想我們太天真了。」

「誰？你和我嗎？」

「你，我，我家鄉的人民，我聰明的同胞……」他輕聲喊道：「我們太天真了，艾爾伯特先生。」

艾爾伯特的回答也同樣輕柔。「這是事實嗎，老爹？」他聽起來真的擔心，好像有那麼一會兒他真的相信牛頓所說的。

「你歷經了千辛萬苦。」

「哦，我確實歷經了千辛萬苦，搭一艘小船，航行，航行，無止境地航行……那是一段非常漫長的旅程，納森，但我花了很多時間閱讀。」

「沒錯，但我不是指那個，我是說，自從你到這裡之後，你歷經了千辛萬苦，賺錢，造新的船……」

「哦，我是賺了很多錢，我現在還是賺很多，比以前還多。我在路易斯維爾有錢，在紐約有錢，口袋裡有五百美元，還有政府提供的醫療保險養老金。我現在是公民了，納森，他們讓我成為美國公民，也許我還可以領取失業保險。哦，世界企業還在持續經營，不用我來管理，納森。世界企業。」

布萊斯被牛頓奇怪的神情和說話方式嚇壞了，很難讓自己的眼睛一直盯著他，只好低頭看著桌子。「你不能把船完成嗎？」

「你想他們會讓我完成嗎？」

「用你所有的錢……」

「你以為我想嗎？」

布萊斯抬頭看了他一眼，「嗯，你想嗎？」

「不想。」接著，牛頓的臉突然變得更老、更沉穩、更像人的樣子。「也許我想，我想我確實想，納森。但這還不夠，不夠。」

「那麼你自己的同胞呢？你的家人呢？」

牛頓又露出了那個神秘的笑容。「我想他們都會死，但是他們也可能會比你活得更久。」

布萊斯對他自己的話感到驚訝。「牛頓先生，他們毀了你的眼睛時，也毀了你的思想嗎？」

牛頓的表情沒有改變。「你一點也不了解我的思想，納森，因為你是人類。」

「你變了，牛頓先生。」

牛頓輕輕地笑了起來。「變成什麼，納森？我是變成了新的什麼，還是變回了舊的什麼？」

布萊斯不知道該說些什麼，只好保持沉默。

牛頓給自己倒了一小杯酒放在桌子上，然後說：「這個世界就像索多瑪，註定滅亡，我也無能為力。」他遲疑了一下。「沒錯，我的一部分思想毀了。」

布萊斯想表示抗議，便說：「船……」

「船沒用了，它得準時完成，而現在時間不夠了，在未來的七年裡，我們兩個星球之間的距離不夠近，它們已經開始逐漸拉開距離了。而美國永遠不會讓我建造它，我建造了它，他們也不會讓我發射。如果我真的發射了，他們會逮捕乘它回來的安西亞人，可能會弄瞎他們，毀了他們的思想……」

布萊斯喝完了他的酒。「你說你有武器。」

「我是說過，我撒謊，我沒有任何武器。」

「你為什麼要說謊……？」

牛頓身體前傾，手肘小心地擱在桌面上。「納森啊，納森啊，我那時害怕你，我現在也害怕。在這個星球上的每一刻，我都在害怕各式各樣的東西，在這個怪異、美麗又可怕的星球上，有各種奇怪的生物，有豐富的水，還有地球人。我現在很害怕，我害怕死在這裡。」

他停頓了一下，然後當布萊斯還是什麼都沒說時，又開始說話了。「納森，想像一下和猴子一起生活六年是什麼情況，或者想想和昆蟲一起生活，和那些閃亮、忙碌、不動腦筋的螞蟻一起生活。」

幾分鐘後，布萊斯的頭腦變得異常清醒。「牛頓先生，我認為你在撒謊，我們對你來說不是昆蟲，也許一開始是，但現在不是了。」

「哦，沒錯，我愛你們，我當然愛你們，愛你們之中的某些人。但你們終究是昆蟲，但是我可能更像你們，而不是像我自己。」他露出他那慣有的苦笑。「畢竟，你們是我的研究領域，你們人類啊，我用了一輩子研究你們。」

酒保忽然招呼他們，「你們需要乾淨的杯子嗎？」

牛頓喝光了他的酒。他說：「當然好，艾爾伯特先生，給我們兩個乾淨的杯子吧。」艾爾伯特先生用一塊橙色大抹布擦桌子時，牛頓說：「艾爾伯特先生，我終究還是決定不拯救我們了。」

艾爾伯特說：「那太遺憾了。」他把乾淨的杯子放在潮濕的桌子上。「聽到這個消息我很難過。」

「真可惜，不是嗎？」他摸著尋找新放到桌上的杜松子酒瓶，找到了就開始倒酒。

他一面倒酒，一面說：「你會見到貝蒂．喬嗎？」

「常常見到，我和貝蒂．喬現在住在一塊。」

牛頓喝了一小口酒，「你們是情侶？」

布萊斯輕輕地笑了，「對，我們是情侶，牛頓先生。」

牛頓表情變得木然，布萊斯已經知道這個表情是用來掩飾真實情感的面具。「所以日子還是要過。」

布萊斯說：「不然你到底認為會怎樣呢？日子當然還是要過。」

牛頓突然放聲大笑，布萊斯很詫異，他從未聽過他大笑。仍舊笑得一顫一顫的牛頓說：「這是好事，她現在不會孤單了，她在哪裡呢？」
「在路易斯維爾的家裡，有貓作伴，也許喝醉了。」
牛頓的聲音又變得平穩，「你愛她嗎？」
布萊斯說：「你在裝傻。」他不喜歡這種笑聲。「她是個好女人，我和她在一起很快樂。」
牛頓現在換成了輕柔的微笑。「不要誤解我的笑，納森，我認為這是件好事，對你們兩個。你們結婚了嗎？」
「還沒有，但我考慮過。」
「你一定要和她結婚，娶她，去度個蜜月。你缺錢嗎？」
「我不是因為這個原因所以還沒跟她結婚，不過我的確缺錢，你想給我一些嗎？」
牛頓又笑了起來，似乎非常高興。「當然好，你要多少錢？」
布萊斯喝了一口酒。「一百萬。」
「我開張支票給你。」牛頓往襯衫口袋裡摸了摸，掏出一本支票簿放在桌子上，是大通曼哈頓銀行的支票簿。他說：「我以前經常看那個百萬美元支票的電視節目，以前在家的時候。」他把支票推給布萊斯。「你來填，我簽名。」

布萊斯從口袋裡拿出伍爾沃斯鋼珠筆，在支票上寫了他的名字，在數字的地方填上一百萬美元。他小心翼翼地寫下來，一百萬美元。他把支票簿推到桌子另一頭說：「寫好了。」

「你必須指引我的手。」

於是布萊斯站了起來，繞過桌子，把筆放在牛頓手裡，讓這個安西亞人握著筆開支票。湯瑪士．傑羅姆．牛頓，他的筆跡清晰平穩。

布萊斯把支票收進皮夾。牛頓說：「你還記得嗎？電視播過一部電影，叫《給三個妻子的一封信》？」

「不記得。」

「是這樣的，我從那封信的照片學會了英語怎麼寫，那是二十年前在安西亞的事，我們幾個頻道都收到了那部電影的清晰信號。」

「你的字寫得很清楚。」

牛頓微微一笑。「那是當然的，我們每件事都力求完美，不忽略任何小細節，為了裝成人類，我經過一番苦練。」他把臉轉向布萊斯，好像真的能看見他似的。「當然我也裝得很成功。」

布萊斯一言不發，回到自己的座位上。他覺得他應該表示同情之類的，但他根本沒有感覺，所以保持著沉默。

「你和貝蒂．喬會去哪裡？用這筆錢去哪裡？」

「不知道，也許去太平洋，去大溪地，我們可能會帶一台空調隨行。」

牛頓又開始露出了月亮般的微笑，就是那種安西亞人不食人間煙火的微笑。

「然後長醉不醒嗎，納森？」

布萊斯感到很不安，說道：「不妨一試。」他真不知道他會用這一百萬做什麼，人應該問問自己，如果有人給他們一百萬，他們會做什麼，但他從來沒有問過自己這個問題。也許他們真的去了大溪地，住在茅屋裡長醉不醒，如果大溪地上還有茅屋的話。如果沒有，他們就住大溪地希爾頓酒店。

牛頓說：「好，我祝你們一路順風。」又說：「我很高興我可以用這筆錢做一些事情，我有好多好多的錢。」

布萊斯站起來準備離開，他感覺很累，還有點醉。「難道沒有機會……」牛頓抬頭對他笑了笑，笑容比以前還要奇怪，眼鏡和帽子下的那張嘴，好像是幼兒畫了一條笨拙的曲線當作微笑。他說：「當然，納森，當然有機會。」

布萊斯說：「好，謝謝你的錢。」

由於墨鏡，布萊斯看不見牛頓的眼睛，但他覺得牛頓好像看著每個地方。他說：「來得容易去得快，納森，來得容易去得快。」他開始打起哆嗦，他稜角分明的身體向前傾，帽子無聲地掉在桌子上，他灰白的髮露出來。接著他的安西亞頭顱落在他細長的安西亞手臂上，布萊斯發現他哭了。

布萊斯靜靜地站著，盯著他看了一會兒。然後，他繞過桌子跪下，把手臂搭在牛頓的背上，輕輕地擁著他，感覺牛頓輕盈的身體在他的懷中顫抖，就像一隻瘦弱的鳥，痛苦地拍打翅膀。

酒保過來了，布萊斯抬頭一看，酒保說：「這傢伙恐怕需要幫助。」

布萊斯說：「沒錯，我想他需要幫助。」

國家圖書館出版品預行編目資料

掉到地球上的人 / 沃爾特．特維斯作；呂玉嬋譯.
-- 初版. -- 臺北市：皇冠，2022.08　面；公分. --
（皇冠叢書；第 5042 種）(CHOICE；355)
譯自：The Man Who Fell to Earth

ISBN 978-957-33-3918-2（平裝）

874.57　　111010715

皇冠叢書第 5042 種
CHOICE 355
掉到地球上的人
The Man Who Fell to Earth

作　　者—沃爾特．特維斯
譯　　者—呂玉嬋
發 行 人—平雲
出版發行—皇冠文化出版有限公司
台北市敦化北路120巷50號
電話◎02-27168888
郵撥帳號◎15261516號
皇冠出版社(香港)有限公司
香港銅鑼灣道180號百樂商業中心
19字樓1903室
電話◎2529-1778　傳真◎2527-0904
總 編 輯—許婷婷
責任編輯—蔡維鋼
行銷企劃—鄭雅方
美術設計—吳佳璘、李偉涵
著作完成日期—1963年
初版一刷日期—2022年08月

法律顧問—王惠光律師

讀者服務傳真專線◎02-27150507
電腦編號◎375355
ISBN◎978-957-33-3918-2
Printed in Taiwan
本書定價◎新台幣420元/港幣140元